Edition Paashaas Verlag

AF280536

EPV

Krimiparty
Sonderausgabe 3

Die Rache ist süß...
und manchmal zartbitter!

A Thriller – für Ladies only!

Autor: Cornelia H.-Müller
Originalausgabe März 2013
Cover-Motiv: Rike /pixelio.de
Cover designed by Manuela Klumpjan
www.verlag-epv.de
ISBN: 978-3-942614-41-2

Printed: BoD, Norderstedt

Die Deutsche Nationalbibliothek verzeichnet diese Publikationen in der Deutschen Nationalbibliografie; detaillierte bibliografische Daten sind im Internet über http://dnb.d-nb.de abrufbar.

Inhaltsverzeichnis

Die Rollenverteilung

Diese Krimiparty ist für 7-10 Personen ausgelegt:
Bei 7 Personen: Vergeben Sie die Rollenbeschreibung von Isadora und Song Lian an eine Person.
Bei 8 Personen: Mrs. Mc Morthy und Beobachter spielen nicht mit
Bei 9 Personen: mit Mrs. Mc Morthy
Bei 10 Personen: mit Mrs. Mc Morthy und Beobachter

5

Einleitung

Mithilfe dieses Buches können Sie zu Hause gemeinsam mit Ihren Familienmitgliedern und Gästen auf Tätersuche gehen. Sie tauchen ein in einen spannenden Mordfall, ermitteln, befragen und bewerten Tatsachen und Aussagen.

Dabei werden von niemandem schauspielerische Fähigkeiten verlangt. Sie sitzen mit Ihren Mitspielern in gemütlicher Runde beisammen und versuchen gemeinsam, dem Täter auf die Spur zu kommen!

Zu diesem Krimi gibt es eine Geschichte des Verbrechens, die in der Runde vorgelesen wird und darüber informiert, was passiert ist, sowie Rollenbeschreibungen für alle Mitspieler und eine schlüssige Auflösung.

Der Krimi ist so angelegt, dass in einem Raum ermittelt wird. Ob Sie also im Wohnzimmer oder im Freien während eines Grillfestes versuchen, mit Ihren Gästen den Fall zu lösen, spielt keine Rolle.

Das Buch ist mit dem Internet gekoppelt. Das benötigte Zubehör können Sie ganz einfach herunterladen und ausdrucken. Einladungen, Namensschilder, Kurztexte und Rollentexte finden Sie auf:

http://www.verlag-epv.de im Bereich **Krimiparty.**
Ihre Zugangsdaten lauten:
Benutzername: krimiparty
Passwort: hmueller11

So funktioniert ein Mitspielkrimi!
Erklärungen zur Durchführung

Lesen Sie die Grundgeschichte und die dazu gehörenden Rollen bitte gründlich durch. Überlegen Sie, welcher Mitspieler welche Rolle übernehmen soll. Es ist kein Problem, wenn einmal eine Dame eine Herrenrolle übernimmt oder umgekehrt. Wenn Sie allerdings auch mit ermitteln wollen, ohne zu wissen, wer der Täter ist, vergeben Sie die Rollen blind und lesen Sie keinesfalls die Auflösung durch. Auf diese Weise werden auch Sie als Gastgeber zum "echten" Ermittler.

Haben Sie einen Internet-Anschluss? Dann können Sie unter **www.verlag-epv.de** die einzelnen Rollen für Ihre Gäste herunterladen und ausdrucken. Sollten Sie diese Möglichkeit nicht haben, kopieren Sie sie aus dem Buch.

Die Rollentexte werden erst am Abend selbst an die Mitspieler vergeben. Versenden Sie sie bitte nicht mit der Einladung.

Bereiten Sie Namensschilder mit den Rollennamen für Ihre Gäste vor, diese werden am Spielabend mit einem Klebestreifen oder Klämmerchen für alle sichtbar angeheftet. Auch diese sind im Internet zum Download hinterlegt.

Drucken Sie die Kurzbeschreibung für Ihre Gäste aus; sie erleichtert den Einstieg und hilft, sich die neuen Spiel-Namen zu merken. Wenn möglich, drucken oder fotokopieren Sie für jeden Gast eine Kurzbeschreibung.

Der Spielablauf

Ihre Gäste werden sicher schon sehr gespannt sein, was sie erwartet. Damit Ihr Krimiabend zum Erfolg wird, noch folgende Tipps:

Schaffen Sie eine gemütliche Atmosphäre und vermeiden Sie zu helles Licht. Stellen Sie Kerzen oder kleine Lichter auf; dies schafft den richtigen Rahmen. Legen Sie bitte für jeden Gast Papier und Stift bereit. Notizen zur Geschichte und zu den einzelnen Aussagen der Mitspieler sind wichtige Stützen bei der Ermittlungsarbeit. Halten Sie bitte auch für jeden Gast die ausgedruckte Kurzbeschreibung des Falles bereit.

Haben Sie ein Abendessen für Ihre Gäste vorgesehen?

Dann dekorieren Sie die Kurzbeschreibungen mit auf der Tafel. Sie werden feststellen, dass es bereits beim Lesen dieser Information rege Gespräche und Verdächtigungen gibt. Wenn sich die Gäste untereinander noch nicht kennen, dient die Kurzbeschreibung ganz wunderbar als Eisbrecher.

Wenn Sie ein Menü mit mehreren Gängen servieren, gehen Sie wie folgt vor:

Verteilen Sie vor der Vorspeise die Namensschilder. Jeder Gast weiß nun, wen er heute Abend charakterlich vertritt.

Lesen Sie nach der Vorspeise den ersten Teil der Geschichte vor. Es ist in der Geschichte vermerkt, an welcher Stelle die Lesung unterbrochen werden kann, um den Hauptgang zu genießen. Auf diese Weise wird Ihr Abend zu einem richtigen Krimidinner.

Nach dem Hauptgang lesen Sie den Rest der Geschichte vor.

Erst danach erhält jeder Gast seine persönliche Rolle, die aus Vorstellungstext und Geheimtext besteht. Diese Texte werden nun von den Mitspielern gründlich und vor allem diskret studiert. Wenn alle Gäste soweit sind und ihre Rolle gelesen haben, beginnt die Vorstellungsrunde. Alle Mitspieler lesen reihum ihren Vorstellungstext vor.

Der geheime Text enthält weitere Informationen und ergänzt die Geschichte; er wird nicht vorgelesen, sondern bietet Hintergrundideen, die jede einzelne Person zum Ermitteln benötigt und dann nach eigenem Geschick in die Ermittlungen einbringen kann. Der Mörder erfährt in seinem Geheimtext auch, dass er der Täter ist.

Nach der Vorstellungsrunde beginnen die Ermittlungen; durch Vorstellungs- und Geheimtext ergeben sich viele Fragen, die nun gestellt und beantwortet werden.

Lügen, darauf sollten Sie Ihre Gäste noch einmal hinweisen, darf wirklich nur der Täter. Alle anderen müssen sich nahe an der Wahrheit orientieren.

Wenn die Ermittlungen abgeschlossen sind, verteilen Sie Zettel, wo jeder seinen Namen und seinen Täterverdacht aufschreiben kann. Sammeln Sie die Zettel ein. Danach servieren Sie, wenn es vorgesehen ist, das Dessert.

Zum Abschluss lesen Sie als Gastgeber die Auflösung des Falles vor. Erst jetzt darf sich der Täter zu erkennen geben!

Geben Sie bekannt, wie viele anhand der eingesammelten Zettel den richtigen Täter ermittelt haben – eventuell machen Sie daraus sogar ein kleines Gewinnspiel, indem Sie etwas verlosen. Das sorgt zusätzlich noch einmal für eine Menge Freude.

Wenn Sie kein Abendessen, sondern nur einen kleinen Snack planen, gehen Sie wie folgt vor:

- Begrüßung der Gäste und Verteilung der Namensschilder und der Kurzbeschreibung

- Verteilung von Papier und Bleistift für Notizen

- Vorlesen der Grundgeschichte

- Verteilen der Rollentexte

- diskretes Studieren der Rollentexte

- Vorstellungsrunde

- Ermittlungen

- Täterverdacht aufschreiben lassen

- Verlesen der Auflösung

- Bekanntgabe, wer richtig geraten hat - und wenn es vorgesehen ist, Ziehung des Gewinners

Häufig gestellten Fragen zur Durchführung:

Frage: Weiß der Mörder, dass er der Täter ist?
Antwort: Ja, dies steht ausdrücklich im Geheimtext seiner Rolle.

Frage: Dürfen die Gäste schummeln und flunkern?
Antwort: Nur der Mörder darf dies tun. Die anderen sollten sich nahe an der Wahrheit orientieren.

Frage. Ich habe mehr Gäste als Rollen. Was nun?
Antwort: Wir haben in der Geschichte sogenannte Gastrollen vorgesehen. Wenn es heißt: 7-10 Mitspieler, gibt es 7 größere Rollen und 3 kleinere Gastrollen. Die größeren Rollen müssen, die Gastrollen können besetzt werden.

Sollten Sie die doppelte Anzahl Gäste haben, können Sie an 2 Tischen gleichzeitig spielen. Bereiten Sie Rollen und Zubehör zweimal vor, lesen Sie die Geschichte zentral vor und ermitteln Sie danach an 2 Tischen. Sie werden sehen, dass auch dies reibungslos funktioniert. Vermutlich werden die Tische zu ganz unterschiedlichen Ergebnissen kommen; es kommt immer ganz darauf an, wie sich die einzelnen Mitspieler verhalten.

Frage: Müssen alle Gäste ungefähr gleich alt sein?
Antwort: Nein. Wir haben in unseren Testrunden mit Personen jeden Alters in gemischten Gruppen gespielt. Unsere Mitspieler waren von 16 bis 80 Jahre alt, und allen hat es großen Spaß bereitet!

Frage: Muss alles aus dem Vorstellungstext auch vorgetragen werden?

Antwort: Ja, der Text der Vorstellungsrunde ist so angelegt, dass er wichtige Informationen gibt, ohne die die Ermittlungen rasch langweilig werden.

Frage: Meine Frage war hier nicht aufgeführt; ich benötige Hilfe.

Antwort: Wenden Sie sich bitte an glashauskrimi@glashauskrimi.de und schreiben Sie der Autorin eine Mail. Sie wird Ihnen alle anstehenden Fragen zum Gelingen Ihrer privaten Krimiparty gerne beantworten.

Die Einladung

Wenn Sie Ihre Gäste schriftlich einladen wollen, können Sie z. B. diesen Text als Vorlage nutzen. Im Internet finden Sie eine vorbereitete Einladung, die Sie ausdrucken können.

Einladung zur Krimiparty
Tatort: _____

Die Ermittlungen beginnen am _____

um _____ Uhr.

Für das leibliche Wohl ist ebenso gesorgt, wie für spannende Unterhaltung, denn es gibt tatsächlich einen Mord aufzuklären. Klar, dass wir dabei deine/eure Unterstützung benötigen.

Falls ihr eine Lesebrille tragt, vergesst sie bitte nicht, denn ihr erhaltet selbstverständlich Akteneinsicht.

Ich würde mich sehr freuen, wenn du/ ihr komm(s)t.
Herzliche Grüße

Antwort bitte per Tel. _____

Kurzbeschreibung

Die Rache ist süß... und manchmal zartbitter!
A Thriller - für Ladies only.

8 Frauen treffen sich an einem Wochenende im November in dem einsam gelegenen Landhaus der schwerreichen Camilla von Strelitz. Dort, in den Highlands nahe Iverness, sorgen ein Stromausfall, ein durchgebrannter Gaul und ein Todesfall für reichlich Abwechslung.

Ermitteln Sie mit, wenn wir versuchen, etwas Licht in diesen nebulösen Fall zu bringen.

Es spielen mit:
Camilla von Strelitz, verwitwete von Manstetten
Pepsie (Penelope) von Manstetten, Camillas Tochter
Gundula Scherf – Camillas Schwester
Isadora, Freifrau von Schollenberg
Rosanne Raditzke – Pferdetrainerin
Christina Vollmer – KFZ-Sachverständige
Song Lian Cui – Freundin von Pepsie
Elke Schulze

Mrs. Mc Morthy – Köchin
unabhängige Beobachter

Ein Wort zu den Spielregeln:

Alle Mitspieler sollten sich nahe an der Wahrheit orientieren; schwindeln darf nur der Mörder. Dieser muss allerdings vorsichtig sein; wird er beim Schwindeln erwischt, glaubt man ihm gar nichts mehr. Und, ach ja, der sitzt an Ihrem Tisch!

Viel Vergnügen und einen Mordsspaß bei den Ermittlungen!

Die Rache ist süß ... und manchmal zartbitter.

Das ist passiert:
Es war heiß an diesem Maitag; viel heißer, als es normalerweise um diese Jahreszeit in Baden-Baden der Fall ist. Die zahlreichen Besucher der Pferderennbahn schwitzten auf der Tribüne so elegant wie möglich vor sich hin. Die Damen trugen sensationell anmutende Hüte und einige wedelten sich vornehm mit handgearbeiteten Fächern etwas Luft zu. Die Herren, fast ausnahmslos im Cut gewandet, suchten schattige Plätzchen unter den Sonnenschirmen und tupften sich hier und da mit Monogramm bestickten Stofftaschentüchern dezent den Schweiß von der Stirn.

In einer der klimatisierten Logen stand Camilla von Strelitz an der großen Panoramascheibe und beobachtete mit einem kleinen Damenfeldstecher das Geschehen auf der Rennbahn. Allerdings interessierte sich Camilla weniger für die gerade jetzt wieder ins Ziel einlaufenden Pferde samt Reiter; ihr Vollblut Heavensend hatte an diesem Tag bereits das zweite Gruppenrennen gewonnen und war gar nicht mehr am Start. Nein, Camilla beobachtete mit Vorliebe die Besucher der Rennbahn.

Ihre Freundin, Isadora Freifrau von Schollenberg, trat neben sie und reichte ihr ein Glas kühlen Champagner.
„Glückwunsch, meine Liebe", knurrte Isadora. „Ich habe gehört, dass Heavensend das II. Gruppenrennen gewonnen hat." Sie legte eine kleine Pause ein, dann fügte sie ein säuerliches: „Es war ein großer Fehler von mir, dir das Pferd zu verkaufen!" an.
Camilla lachte amüsiert kurz auf, nahm das Glas entgegen und stieß mit Isadora an. „Auf Heavensend", sagte sie und nippte von dem edlen Getränk. „Wenn Rosanne mir vor 2 Jahren nicht dazu geraten hätte, Heavensend zu übernehmen, hätte ich ihn nie gekauft. Rosanne ist als Pferdetrainerin einfach unbezahlbar!"
Isadora nickte zustimmend.
„Wenn du sie einmal loswerden willst, übernehme ich sie gerne. Ich kenne keine andere, die so viel Sachverstand hat." Sie setzte

sich in einen der schicken Cocktailsessel und schlug die Beine übereinander.

„Hast du schon deine Schwester begrüßt?", fragte sie dann und sah Camilla neugierig an.

„Meine Schwester?" Camilla zog erstaunt eine Augenbraue hoch. „Großer Gott, was soll die denn hier in Baden-Baden... und noch dazu beim Pferderennen?" „Sie ist hier; ich habe sie eben unten am Wettschalter gesehen. Und sie hat einen verdammt gut aussehenden Burschen dabei!"

Camilla Interesse war umgehend geweckt. „Nur, damit hier kein Irrtum entsteht. Du sprichst tatsächlich von meiner Schwester Gundula? Dieser kleinen Person, Lehrerin mit Brille, grauem Zopf und leidenschaftliche Trägerin von dunkelblauen langen Röcken und hochgeschlossenen, weißgestärkte Rüschenblusen?"

Isadora nickte zustimmend und steckte sich genüsslich eine der reichlich dekorierten Brüsseler Pralinen in den Mund. „Genau die", nuschelte sie undeutlich.

Camilla stellte ihr Glas ab und ging zurück zur großen Scheibe. „Gundula ist hier, beim Pferderennen in Baden-Baden und hat einen gut aussehenden Mann dabei? Das glaube ich erst, wenn ich es sehe. Wo genau war sie?" Sie griff zum Fernstecher und brachte sich vor der Scheibe in Position.

„Am Wettschalter!"

Isadora beugte sich erneut über den Teller mit den verlockenden Süßigkeiten und sortierte diese mit ihrem Zeigefinger vor. „Sie hat mich kurz gegrüßt und ist dann gleich weiter... mit diesem Mann. Ein wirklich schicker Kerl; vermutlich ein Südländer. Er hat sowas ... Isadora geriet ins Schwärmen

Camilla drehte sich um und sah sie auffordernd an: „Ja, ich höre... was hat er?"

„Er hat was von Antonio Banderas, also rein optisch. Ein echter Hingucker, aber viel jünger als Banderas."

„Dann ist er nicht gemeinsam mit meiner Schwester da", stellte Camilla sachlich fest. „Gundula und ein junger Banderas? Das schließt sich aus. Vermutlich haben sie zufällig nebeneinander gestanden!" Sie nahm erneut den Feldstecher zur Hilfe und untersuchte die Umgebung des Wettschalters.

„Oh, den Eindruck hatte ich überhaupt nicht", erklärte Isadora bestimmt. „Sie wirkten sehr vertraut!"

„Was hatte sie an?" fragte Camilla, während ihr Blick die Menschenmenge auf und ab marschierte.

„Ein blaues, sehr schickes Kleid. Dazu einen kleinen passenden Hut. Ich muss sagen, sie erinnert überhaupt nicht mehr an die Gundula, die ich von früher kenne. Sie sah wirklich fantastisch aus! Die Haare sind kürzer und die Brille ist weg. Ich denke, sie trägt jetzt Kontaktlinsen. Und sie ist auch wesentlich schlanker geworden."

„Da ist sie", murmelte Camilla plötzlich und starrte wie elektrisiert weiter durch das Fernglas. „Sie hat sich wirklich verändert!" Anerkennung schwang mit in ihrer Stimme...

„Und der Typ daneben ist sicher der jugendliche Mr. Banderas. Du hast recht Isadora, er sieht wirklich gut aus. Wo sie den bloß her hat?"

„Frag sie doch ganz einfach", sagte Isadora. „Ich muss jetzt runter zu meinem Jockey. Sehen wir uns später noch?"

Camilla nickte gedankenverloren, ihr Blick hing an ihrer Schwester und dem Unbekannten. Kurze Zeit später packte sie ihre Handtasche und verließ die Loge.

Gundula Scherf stand in der schicken Damentoilette der Rennbahn vor dem Spiegel und zog ihren Lippenstift nach.

„Der Hut steht dir ausgezeichnet", sagte eine wohl bekannte Stimme plötzlich hinter ihr. Sofort drehte Gundula sich um.

„Hallo Camilla." Ihr Blick war kalt und abweisend. „Was willst du?"

„Na, zum Beispiel möchte ich wissen, was du hier machst und wer der Mann ist, der draußen vor der Türe auf dich wartet!" Camilla trat näher und schickte sich an, ihre Schwester zu umarmen.

Diese wich zurück, wandte sich wieder dem Waschbecken zu und drehte den Wasserhahn auf.

„Das geht dich gar nichts an", erklärte sie und ließ eiskaltes Wasser über ihre Handgelenke laufen.

„Ach komm, jetzt sei doch mal ein bisschen geschmeidig ", sagte Camilla und legte ihre Hand auf Gundulas Schulter. „Du hast dich ja wirklich verändert. Das Kleid..., die neue Frisur, ich muss sagen, man erkennt dich kaum wieder. Ich habe mich wirklich gefreut, als ich dich eben in der Menschenmenge entdeckt habe. Wenn du mir gesagt hättest, dass du nach Baden-Baden kommen willst, hätte ich dich und Mr. Banderas in die Loge eingeladen. Dann müsstet ihr nicht auf der Tribüne in der Hitze stehen!"

„Wer?" Gundula schaute verständnislos auf. „Wer um alles in der Welt ist Mr. Banderas?" Sie griff nach einem Handtuch und trocknete sich die Hände ab. „Wie auch immer. Wir stehen da auf der Tribüne sehr gut. Wie geht es Pepsie?"

„Gut. Sie fährt in den Ferien mit ihrer Freundin Lian nach Honkong. Aber nun lenk nicht ab. Erzähl schon, wer ist dein Begleiter?"

Gundula antwortete knapp:

„Carlos Santo Domingo, mein Verlobter. Wir werden im Juli heiraten! Hast du was zu Pepsies 18. Geburtstag geplant?"

Camilla überging die letzte Frage.

„NEIN! Also so etwas. Und das erfahre ich so nebenbei, in der Toilette der Rennbahn von Baden-Baden. Du bist mir ja eine!"

Sie trat vor und küsste ihre Schwester rechts und links auf die Wange. „Herzlichen Glückwunsch meine Liebe. Das müssen wir feiern. Ich lade dich und Mr...?

„Santo Domingo", ergänzte Gundula und lächelte stolz. „Carlos Santo Domingo.. .er ist aus Argentinien..."

„Ja ja, also dich und Mr. Domino, in meine Loge ein. Sagen wir, in einer halben Stunde? Auf ein Glas Champagner und einen kleinen Imbiss."

„Ich weiß nicht", zögerte Gundula. Dann fügte sie entschlossen ein „Nein, eigentlich möchte ich das nicht!" hinzu.

Camilla zeigte sich empört und stemmte energisch ihre Hände in die Hüften. „Also das ist doch nicht dein Ernst. Willst du deinem künftigen Mann zumuten, weiter in der Hitze zu stehen, während er ganz wunderbar in der Loge mit Klimaanlage sein könnte? Bei Champagner und Imbiss?"

Gundula nickte trotzig. „Ja, ich denke, das kann ich ihm durchaus zumuten."

Camilla drehte sich herum und ging entschlossen zum Ausgang. An der Türe blieb sie stehen und wandte sich wieder ihrer Schwester zu. Ihre Augen hatten sich, wie immer, wenn sie ihren Willen nicht bekam, in kleine Schlitze verwandelt und jedes des folgenden Worts sollte Gundula messerscharf mitten in die Seele treffen: „Weißt du was Gundula", zischte Camilla leise. „Du hast dich überhaupt nicht verändert. Du denkst, genau wie früher, immer nur an dich. Dein künftiger Mann tut mir jetzt schon leid! Wenn du dich so verhältst, wird er schneller wieder weg sein, als du gucken kannst."

Ihre Worte verfehlten die gewünschte Wirkung nicht. Gundula zögerte einen Moment, dann sagte sie unsicher:

„Also gut, aber nur ein Viertelstündchen! Und dann reden wir auch noch einmal über Pepsies 18. Du weißt, dass das ein besonderer Tag ist und ich wäre gerne an der Planung beteiligt."

Sofort setzte Camilla ihr strahlendstes Lächeln auf.

„Na, siehst du, jetzt wirst du vernünftig! Und hast du vergessen, dass ich deine ältere Schwester bin? Wenn du heiraten willst, musst du mir deinen künftigen Mann vorstellen. Ach, meine kleine Schwester, dass ich das noch erleben darf, dass du heiratest. Ich freue mich ja so für dich! Und jetzt stellst du mir deinen Antonio vor, ja?"

Ende Teil 1:
Verteilen Sie an dieser Stelle bitte die Hochzeitseinladungen und lassen Sie diese wirken.
Die Einladung wird für einigen Aufruhr sorgen, denn:

Nicht Gundula heiratet Carlos Santo Domingo,
sondern Camilla!

Außerdem können Sie nun die Vorspeise servieren, sofern Sie ein Menü geplant haben.

Einladung zur Hochzeit

Wir werden heiraten:

Camilla von Strelitz
Carlos Santo Domingo

Die Trauung findet in Iverness/
Schottland auf Camillas Anwesen

„Lancore-House" statt.

Wir bitten um Zusage!

Camilla und Carlos.

21

Teil 2:

Kira Karazic, Journalistin des Klatschblattes "Mein Herz" saß in der Redaktion und sah sich im Laptop die Fotos an, die ihr Fotograf in den letzten Tagen in Monte Carlo geschossen und anschließend in die Redaktion gemailt hatte.

„Das ist ja Camilla von Strelitz" sagte sie überrascht und drehte den Laptop ihrem Chefredakteur, Detlev Brunsbüttel zu.

„Ja, zweifellos, das ist sie", erklärte dieser. „Sie hat einen Kurzurlaub mit ihrem neuen Spielzeug, einem 15 Jahre jüngeren Argentinier, in Monaco verbracht. Er heißt Carlos Santo Domingo!"

„Ein Spielzeug? Das passt eigentlich gar nicht zu Camilla von Strelitz. Weißt du was über diesen Carlos?"

Interessiert sah Kira auf. Ihr Gegenüber schüttelte den Kopf.

„Nein, der ist neu in der Szene der Superreichen. Zum ersten Mal aufgetaucht ist er auf dem Rennen in Baden-Baden. Damals war er noch mit der Schwester von Camilla verlobt, dieser Gundula Scherf. Vermutlich hat er schnell gemerkt, wer von den beiden die Flocken hat. Diese Gundula hat, soweit ich weiß, keine nennenswerten Beträge auf dem Konto.

„Also kein eigenes Vermögen?"

Der Chefredakteur schüttelte den Kopf. „Nein, Camilla von Strelitz ist durch verschiedene Hochzeiten zu Geld gekommen; ihre Schwester besitzt nichts. Ich glaube, sie war auch noch nie verheiratet und arbeitet als Lehrerin.

Kira lächelte. „Na, in so einer Story liegt doch Pfeffer. Reiche Schwester spannt der armen Schwester den Verlobten aus. Herrlich! Genau das Richtige für unser Blatt. Soll ich mich mal ranhängen?"

Ihr Chefredakteur nickte. „Von mir aus gerne... Die Frage ist nur, wie du an sie rankommen willst. Camilla von Strelitz lässt sich nicht gerne in die Karten gucken. "

Kira klappte ihren Laptop zu und stand auf.

„Lass das mal meine Sorge sein! Wo Kira Karazic eine Story wittert, kommt sie auch hin."

4 Wochen später:
„Du meine Güte... Kannst du mir mal sagen, was deine Mutter bewogen hat, hier am Ende der Welt zu heiraten? Sie muss völlig verrückt sein!"
Christina Volmer stand, bekleidet mit einem Regenmantel und entsprechendem Hut, in der Eingangshalle von Lancore-House und schüttelte ihren Schirm aus...
Ihr Koffer wurde soeben von einem Taxifahrer hereingetragen, der sich, mit einem Trinkgeld versehen, gleich wieder auf den Weg nach Iverness machte.

Pepsie kam die beeindruckende Marmortreppe herunter gesaust.
„Christina! Du bist es tatsächlich! Ich habe dich so lange nicht gesehen. Da wird sich Mutter aber freuen."
Sie lief auf Christina zu und umarmte sie kurz. Dann blickte sie sich suchend um. „Ist dein Sohn nicht mitgekommen? Wir haben ihn noch nie gesehen und ich dachte, heute bringst du ihn mit!"
Christina schüttelte energisch den Kopf!
„Nein, Penelope. Oscar ist bei meinen Eltern. Außerdem hat er Schule und ich finde darüber hinaus nicht, dass er ausgerechnet deine Mutter kennen lernen muss! Wir wollen es ja nicht gleich übertreiben mit Freundlichkeiten..." Mit diesen Worten zog sie den Mantel aus und legte ihn über den Koffer. „Jedenfalls freue ich mich, dich wiederzusehen. Du bist ja mächtig erwachsen geworden in den letzten 10 Jahren!"
Sie ging mit großen Schritten durch die Halle und sah sich um, während sie weitersprach: „Das Haus ist toll, aber mir wäre das hier zu einsam. Will sie künftig wieder hier wohnen?"
Pepsie zog einen Flunsch. „Mir total egal. Ich bin eh nur zu Besuch hier. Spätestens am Montag bin ich mit Lian wieder weg hier."
„Lian?"
„Ja, Song Lian Cui, eine Freundin vom Internat. Sie ist mit zur Hochzeit gekommen!"
Christina nickte.
„Verstehe. Wer ist denn sonst noch hier?", fragte sie erwartungsvoll.

23

Pepsie ratterte los:

„Der künftige Ehemann No. 3, Carlos Santo Domingo. Ein schöner Kerl, aber ziemlich hohl im Kopf und mindestens 20 Jahre zu jung für Mutter. Du wirst ihn ja kennen lernen. Keine Ahnung, was sie an dem findet. Vermutlich hat er besondere Qualitäten... Du weißt schon, wo." Pepsie verdrehte vielsagend die Augen.

„Des Weiteren natürlich Busenfreundin Isadora Freifrau von Schollenberg. Sie ist, wie immer, total schräg drauf. Wir hatten gestern Abend schon viel Spaß. Ihren derzeitigen, schwer altersschwachen Ehemann hat sie in der Kurzzeitpflege geparkt.

Dann Penelope von Manstetten, genannt Pepsie, also meine Wenigkeit. Und die eben schon erwähnte Song Lian Cui. Ich erwähne den Nachnamen zuerst, weil das in China so üblich ist. Dann wäre da noch Rosanne Raditzke, die beste Pferdetrainerin der Welt, die das hier im Stall residierende Jahrhunderttalent "Heavensend" betreut. Du müsstest Rosanne eigentlich auch noch kennen. Sie hat früher für Gustav von Strelitz gearbeitet.

Ach, ja... und Tante Gundula ist mit einer Freundin namens Elke Schulze kurz vor dir angekommen. Ich habe ja nicht dran geglaubt, aber Gundi ist der Einladung tatsächlich gefolgt."

Erstaunt blickte Christina auf:

„Warum hast du nicht dran geglaubt? Haben die Schwestern mal wieder Streit?"

Pepsie lachte bitter. „Ach, das weißt du gar nicht? Na ja, der gute Carlos wollte eigentlich Tante Gundi heiraten... Bis er dann in Baden-Baden auf Mutter traf, die nichts eiligeres zu tun hatte, als den Herren in ihr Bett zu bitten!"

„Ach du meine Güte!" Christina wirkte betroffen. „Ich glaub`s ja nicht, ich glaub`s ja nicht. Sie hat es schon wieder getan! Ich bin sprachlos. Und Gundula hat die Größe, an dieser Hochzeit teilzunehmen? Respekt!"

„Ich denke, Tante Gundi ist auch wegen meines 18. Geburtstags morgen gekommen. Außerdem hat sie bestimmt längst gemerkt, dass Carlos nicht die hellste Kerze auf der Torte ist und dass es wohl eher ein Glück ist, dass sie diesen Mann nicht geehelicht hat.

Jedenfalls macht sie keinen unglücklichen Eindruck auf mich, sondern wirkt ganz aufgeräumt. Du müsstest sie mal sehen, sie hat 10 Kilo abgenommen, die Haare ganz anders…, total schick. Ich finde sie richtig klasse. Aber ich habe mich ja immer viel besser mit Tante Gundi verstanden als mit Mama. Und jetzt zeige ich dir dein Zimmer, dann kannst du dich noch ein bisschen aufhübschen. Mama erwartet uns alle zu einer Art Verlobungsfeier um 20:00 Uhr im Kaminzimmer! Geheiratet wird morgen, aber das weißt du ja!"

Camilla saß im Schlafzimmer am Schminktisch und probierte diverse Halsketten aus, als Carlos hineinkam. Er trat zu ihr und küsste sie zärtlich in den Nacken. Dann zauberte er einen Briefumschlag hervor und legte ihn vor ihr auf den Tisch. „Das ist mein Hochzeitsgeschenk für dich!", säuselte er und knabberte zärtlich an ihrem Ohr.
Camilla blickte Carlos im Spiegel erstaunt an.
„Du hast ein Geschenk für mich? Aber…, ich weiß gar nicht, was ich sagen soll!"
„Natürlich habe ich ein Geschenk für dich! Was dachtest du denn?"
Camilla hob den Umschlag auf, öffnete ihn und las den inliegenden Brief rasch durch.
Carlos setzte sich neben sie. „Ich hoffe, es ist das Richtige für dich. Du hast mir doch erzählt, dass du so gerne Berge besteigst… Und da dachte ich…"
Camillas Augen leuchteten. „Oh Carlos, das ist ein wunderbares Geschenk. Wirklich. Ich liebe diese Bergtouren in den Dolomiten! Ich kann gar nicht genug davon bekommen. Meine Ausrüstung ist zwar noch in Monte Carlo, aber ich werde mir eine neue zulegen. Und du musst natürlich auch eingekleidet werden. Weißt du, beim Klettern kommt es wirklich auf die Ausstattung an… Es kann sonst ganz schön gefährlich werden!"
Carlos gab seiner Verlobten einen zärtlichen Kuss auf die Wange.
„Ich habe das beste Hotel am Platze gebucht. Da werden wir

abends nach jeder Tour einkehren, gut essen und es uns danach in unserer Suite gutgehen lassen!"

Er stand auf und ging zur Zimmertüre. „Eine Bitte habe ich aber noch an dich und ich hoffe, es ist nicht unmöglich, wenn ich dich darum bitte?"

Camilla sah ihren zukünftigen Mann gespannt an.

„Eine Bitte? Was ist es denn?"

„Behalte unsere Reisepläne bitte für dich. Ich möchte diese Tour mit dir alleine unternehmen, ja? Wenn die anderen davon erfahren, vielleicht wollen sie dann mit und ich weiß doch, wie schlecht du nein sagen kannst."

Camilla lachte kurz auf. „Mach dir keine Sorgen, Carlos, auf Hochzeitsreise bin ich bisher immer alleine mit meinen Ehemännern gegangen!"

Carlos war ihr eine Kusshand zu. „Ich muss noch schnell ein paar Sachen erledigen, wir sehen uns später, ja?"

Mit diesen Worten verschwand er auf dem Gang.

Camilla sah ihm gedankenverloren nach, nahm den Brief und die Hotelbuchung erneut zur Hand und runzelte die Stirn. Wie um alles in der Welt hatte Carlos das alles bezahlt? Eine Suite im besten Hotel am Platze..., wo er doch überhaupt kein eigenes Geld hatte.

Stunden später:

Carlos stand im Pferdestall und versuchte, Heavensend zu beruhigen. Der Hengst tänzelte unruhig hin und her.

„Was hast du denn, mein Alter. Ruhig, ganz ruhig!", erklärte er.

„Dieses Wetter macht dir Angst, was?" Er zog sein Handy aus der Tasche und machte ein paar Aufnahmen von dem wertvollen Tier.

Draußen donnerte es erneut und im selben Moment explodierte ein Blitz am Himmel, der den Stall kurz in ein gleißend helles Licht tauchte. Heavensend stieg auf die Hinterbeine und wieherte aufgeregt.

„Was zum Teufel machen Sie hier?"

Rosanne war ganz plötzlich hinter Carlos aufgetaucht und herrschte ihn mit funkelnden Augen böse an. „Im Stall hat außer mir niemand was zu suchen! Sie verschrecken ihn... Sehen Sie das nicht?"

Carlos verzog höhnisch das Gesicht und blickte herablassend auf Rosanne.

„Das Wetter verschreckt ihn. Sie vergessen wohl, dass das Pferd mir gehört? Ich kann kommen und gehen, wann ich will!"

„Noch gehört Ihnen hier gar nichts", konterte Rosanne und trat an die Pferdebox. Heavensend stand in der hintersten Ecke seines Stalls und schnaubte nervös.

„Hauen Sie ab. Ich will Sie hier nicht mehr sehen!", erklärte Rosanne barsch, ohne Carlos noch eines Blickes zu würden.

Carlos Augen verdunkelten sich!

„Sie können sich schon einmal nach einer neuen Stellung umsehen", zischte er. „Glauben Sie wirklich, ich sehe nicht, was hier vor sich geht? Ich verstehe mehr von Pferden, als sie vielleicht denken."

Dann drehte er sich um und verließ schnellen Schrittes den Stall.

Stunden später:

Lian Cui irrte suchend durch das Treppenhaus von Lancore-House. Irgendwo hier musste ihr Zimmer sein. Eine endlos wirkende schwarze Holztreppe führte hinauf in die verschiedenen Etagen. Vom Treppenhaus aus gelangte man in jeder Etage in die alle gleich aussehenden, langen Gänge, ausgelegt mit rotem Teppichboden, braunen schweren Eichentüren und alten Ölschinken an den Wänden. Lian hatte sich gemerkt, dass sie im 3. Stock untergebracht war und sie wusste auch, dass neben der Treppe ihrer Etage ein Ölbild von Maria Stuart hing, der später geköpften Königin von Schottland.

Draußen donnerte es. Und gerade als Lian Maria Stuart auf dem Ölbild entdeckte und erleichtert aufatmete, flackerte das Dielenlicht unruhig auf... und erlosch. Genervt blieb die junge Frau in völliger Dunkelheit stehen.

Was für ein grässlicher alter Kasten dieses Haus nur war. Dies war

bereits der 2. Stromausfall seit ihrer Anreise.
Sie verharrte einen Moment; das Licht blieb aus. Wenn sie es richtig in Erinnerung hatte, war ihre Zimmertüre die 4. links. Sie tastete sich an der Wand entlang und zählte die Zimmertüren ab. Als sie glaubte, an der ihren angekommen zu sein, öffnete sie diese und trat ein.

Sie merkte gleich, dass sie sich geirrt hatte und wollte das Zimmer bereits wieder verlassen, als ihr Blick auf das in der Mitte des Raumes stehende Bett fiel. Der Mond warf eben genug Licht durch das Fenster, um die Szene, die sich ihr dort darbot, zu erfassen.

Im Bett lag, eng umschlungen, ein Paar und schlief. Der nackte Oberkörper von Carlos Santo Domingo war braungebrannte und muskulös. Seine Hüften wurden nur von einem dünnen Laken bedeckt. Die Frau neben ihm lag halb auf Carlos und hatte ihren linken Arm über seine Brust gelegt.

„Also so was, das ist doch nicht euer Schlafzimmer", wisperte Lian und wollte sich soeben diskret zurückziehen.

Genau in diesem Moment regte sich die Frau, drehte sich im Schlaf um und gab ihr Gesicht frei. Lian war ebenso überrascht wie erschrocken. Die Frau, die hier mit Carlos im Bett lag war nicht Camilla von Strelitz.

Die junge Asiatin nahm ihr Handy aus der Tasche und fotografierte die Szene. Dann zog sie sich langsam zurück und schloss, so leise sie konnte, die Schlafzimmertüre.

Ende Teil 2:
Servieren Sie hier den Hauptgang – oder lesen Sie weiter, wenn es kein Menü gibt.

Kurz darauf:

„Ich fasse es nicht", schimpfte Camilla. „Und noch dazu bei dem Wetter. Was, wenn er runter zur Straße galoppiert?"

Rosanne stand ihr gegenüber und sah wirklich besorgt aus.

„Ich kann mir das nicht erklären. Ich bin sicher, dass ich die Box verschlossen hatte, als ich die Medikamente im Haus holen wollte. Als ich zurück kam, war er fort."

„Wir müssen sofort nach ihm suchen!" erklärte Camilla und griff zum Telefon. „Ich rufe die Polizei an!"

„Das habe ich doch längst getan!", sagte Rosanne. „Sie haben wegen dem Unwetter alle Hände voll zu tun, da interessiert sich niemand für einen durchgebrannten Gaul. Ich bin sicher, er findet zurück, sobald sich das Wetter beruhigt hat."

Camilla ging zu einem kleinen Tischchen und groß sich einen Scotch Whisky ein. Sie sah kurz auf. „Willst du auch einen? Du siehst wirklich schlecht aus!"

Rosanne nickte. „Kann nicht schaden. Nur für den Ernstfall: Du hast Heavensend doch vernünftig versichert, oder?"

„Natürlich habe ich das. Er ist mit 2.000.000 Euro versichert. Die Sache hat nur einen Haken: Bei Fahrlässigkeit werden sie nicht zahlen. Du weißt doch, wie Versicherungen sind. Wenn sie eine Chance haben, sich zu drücken, nutzen sie sie aus. Du musst dir also eine wirklich glaubhafte Geschichte ausdenken, wenn das Pferd tatsächlich nicht mehr auftaucht."

Camilla nahm einen großen Schluck Whisky, bevor sie verärgert fortfuhr: „Weißt du, was viel schlimmer ist? Ich habe keine Ahnung, was ich Carlos nun morgen zur Hochzeit schenken soll; schließlich sollte Heavensend das Hochzeitsgeschenk sein!"

20:00 Uhr
Um 20:00 Uhr versammelten sich alle Gäste im großen Kaminzimmer, welches zugleich als Speisesaal genutzt wurde. Mrs. Mc Morthy hatte sich selbst übertroffen. Das Kristall auf dem Tisch glänzte mit dem frisch geputzten Silber um die Wette und das edle Porzel-

lan strahlte im vornehmsten Weiß.

Pepsie, Lian Cui Song, Christina, Gundula, die von ihr mit zum Fest gebrachte Bekannte Elke, Isadora und Rosanne hatten sich entsprechend elegant gekleidet und standen erwartungsvoll an der schönen Tafel. Endlich erschienen Camilla und Carlos. Camilla trug zur Feier des Tages ein berauschend schönes rotes Abendkleid und Carlos einen weißen Smoking, der seinen dunklen Teint besonders gut zur Geltung brachte.

Die beiden vergewisserten sich, dass alle ein Glas in der Hand hatten und dann ergriff Camilla das Wort:

„Ihr Lieben, ich freue mich, dass ihr alle hier seid. Ich werde Carlos heiraten und, obwohl es meine 3. Ehe sein wird, ich bin sehr aufgeregt. Aber ich will nicht viel reden; lasst uns jetzt zusammen essen und feiern. Mrs. Mc Morthy hat uns ein wirklich wunderbares Abendessen gezaubert. Als Dessert gibt es heute Abend, als besondere Aufmerksamkeit für Carlos, den Mann, den ich wirklich über alles liebe, Früchte an flüssiger Zartbitterschokolade."

Sie lächelte Carlos an, bevor sie weitersprach: „Carlos würde für Zartbitterschokolade sterben!"

Der Bräutigam lächelte und die Gäste applaudierten höflich.

„Außerdem", fuhr Camilla fort, „außerdem werden wir heute gegen Mitternacht auf den 18. Geburtstag von Pepsie anstoßen!"

Nach diesem Satz gab es spontan erneuten Applaus. Wer genau hinhörte, stellte fest, dass der Geburtstagsapplaus wesentlich deutlicher ausfiel, als der voran gegangene Verlobungsapplaus.

Camilla ging lächelnd über diesen Gruppenfauxpas hinweg und wandte sich an Carlos. „Hast du meinen Fotoapparat mitgebracht? Ich möchte gerne ein Foto von uns allen haben. Mrs. Mc Morthy kann uns fotografieren."

Carlos schien bestürzt. „Oh entschuldige", sagte er. „Ich habe ihn vergessen. Sicher die Aufregung! Der Apparat ist oben im Schrank in meinem Zimmer. Soll ich ihn schnell holen?"

Camilla schüttelte den Kopf. „Lass nur, wir holen das gleich nach! Darf ich euch nun zum Dinner bitten?"

Es war ein schönes Dinner. Erst um 22:00 Uhr war der Hauptgang aufgetragen. Mrs. Mc Morthy schlug vor, das Dessert gegen 23:00 Uhr zu servieren.

„Dann hat der Magen einen Moment, um sich zu erholen. Ich werde in dieser Zeit die Zartbitterschokolade erhitzen."
Camilla stimmte zu.

Sie wandte sich diskret Rosanne zu. „Hast du was von unserem Ausreißer gehört?", wisperte sie leise.
Rosanne schüttelte den Kopf. „Ich habe eben noch einmal die Nachbarn und die Polizei angerufen. Bisher leider... nichts... Er ist wie vom Erdboden verschluckt. Vermutlich kommt er aber von ganz alleine wieder, sobald sich das Wetter beruhigt hat."

Elke Schulze trat zu den beiden.
„Sorry, ich habe das gerade mitbekommen. Gibt es Probleme mit dem berühmten Heavensend? Gundula hat mir schon so viel von diesem Wunderpferd erzählt. Ich hoffe, ich bekomme ihn bald einmal zu Gesicht."
Camilla sah besorgt aus, als sie antwortete.
„Das kann ich nicht versprechen. Er ist verschwunden. Das Dumme ist, dass ich, sollte das Pferd bis morgen nicht auftauchen, kein Geschenk für Carlos haben werde! Und das wäre, gerade jetzt, sehr peinlich."
„Gerade jetzt? Was meinen Sie damit?"
Camilla überlegte kurz. Sie hatte Elke heute erst kennen gelernt und mochte eigentlich nicht über allzu private Dinge mit ihr plaudern. Aber dann warf sie ihre Bedenken plötzlich über Bord, schließlich war Elke Gundulas Freundin. „Gerade jetzt, weil Carlos mir eben ein so schönes Geschenk gemacht hat."
Elke kam einen Schritt näher. „Oh... wie spannend. Was ist es denn? Verraten Sie es mir?"
Camilla nickte. „Sie müssen mir aber versprechen, es niemanden zu erzählen!"
Elke nickte. „Auf mich können Sie sich zu 100 % verlassen!"

Es war totenstill, als Camilla eine Stunde später die Küche betrat. Rosanne, Christina, Isadora und Gundula standen neben dem Küchentisch und sagten kein Wort. Betroffenheit lag in der Luft... Man wagte kaum zu atmen.

Camilla trat neben den Leichnam!
„Mein Gott, das ist ja... Wie um alles in der Welt ist das passiert?", hauchte sie mit belegter Stimme.
Isadora räusperte sich.
„Siehst du das Blut an seinem Schädel? Es sieht so aus, als sei er niedergeschlagen worden und ist dann kopfüber... mit dem Gesicht in die flüssige Schokolade gefallen... Vermutlich ist er an der Zartbitterschokolande erstickt oder ertrunken..."
Die letzten Worte hatte Isadora nur geflüstert...zu bizarr war das Bild, welches sich ihnen darbot.

Carlos saß in der Mitte des Raumes auf einem der Küchenstühle am Tisch. Die Arme hingen rechts und links leblos an seinem erschlafften Körper hinunter. Sein Kopf steckte in einer auf dem Tisch stehenden Silberschüssel und war bis zum Haareinsatz eingetaucht in einer bereits fast erstarrten Schokoladenschicht. An seinem Hinterkopf klebte das blutverkrustete Haar über einer große Wunde.

„Wer hat ihn gefunden?", fragte Gundula leise.
„Mrs. Mc Morthy", wisperte Christina zurück. „Sie hat die Schokolade erhitzt und ist danach für 20 Minuten in den Speisesaal gegangen, um den Tisch neu herzurichten. In dieser Zeit muss es passiert sein!"
„Das ist... unmenschlich", sagte Camilla nun kaum hörbar. „Einfach unmenschlich!" Dann wandte sie sich ab und verließ eiligen Schrittes die Küche.

„Hat schon jemand die Polizei angerufen?" fragte Gundula und sah Rosanne an.
„Nein, das Telefon geht nicht, vermutlich irgendein Defekt durch

die dauernden Stromausfälle. Außerdem ist der Weg zur Straße komplett überschwemmt. Wir werden bis morgen warten müssen", antwortete diese.

„Ja und was machen wir mit ihm? Soll er solange hier in der Küche sitzenbleiben?" Isadora schlang die Arme um ihren Körper. Christina nickte. „Ich denke, wir dürfen den Tatort nicht verändern! Am besten, wir schließen die Küchentüre ab!"

„Heißt das, es gibt keinen Nachtisch und kein Frühstück?" Isadoras Stimme klang leicht entrüstet. „Wir könnten ihn doch auch in den Keller bringen und später, wenn die Polizei kommt, einfach wieder hierher setzen..."

Der entsetzte Blick von Gundula und Christina reichte aus, um diesen Plan als gescheitert zu betrachten.

...

Ja, liebe Gäste. Wer hat Carlos Santo Domingo in der Schokoladensoße ertrinken lassen? Dies und andere Geheimnisse aufzudecken, wird heute Abend Ihre Aufgabe sein.

Nehmen Sie nun Ihren persönlichen Text zur Hand und lesen Sie diskret und still durch, was Sie mit diesem Fall zu tun haben.

Danach beginnt die Vorstellungsrunde.
Sie lesen reihum (Reihenfolge ist angegeben) Ihren Vorstellungstext laut vor.

Der Geheimtext dient den sich anschließenden Ermittlungen.

Der Täter gibt, darauf möchten wir noch einmal hinweisen, bitte auf keinen Fall ein Geständnis ab; der Fall wird später gemeinsam aufgelöst.

Vorstellungstext Camilla von Strelitz
(Bitte als erste in der Runde vorlesen)

Es wäre morgen meine 3. Hochzeit geworden und zum 1. Mal, das gebe ich gerne zu, hätte ich aus Liebe, und nur aus Liebe, geheiratet. Ich mochte meine ersten beiden Ehemänner wirklich, aber in Carlos war ich richtig kopflos verschossen! Und jetzt ereilt ihn dieses Unglück und mich holt schon wieder der Tod ein! Was er nur gegen mich hat, der Tod! Ständig nimmt er mir die Männer fort.

Pepsies Vater, Hubertus von Manstetten, starb nach 6 Jahren Ehe an einem Herzinfarkt und Gustav von Strelitz kam nach nur 6 Wochen Ehe bei einem Autounfall um Leben. Seither war ich alleinerziehende Mutter und glauben Sie mir, das ist nicht immer einfach.

Unter uns gesagt: In dem Alter, in dem Pepsie jetzt ist, können Kinder einem wirklich was am Verstand tun! Sie sind so... so... so unlenksam! Sie wissen sicher, was ich meine!
Aber das Gröbste haben wir überstanden, denn heute um Mitternacht wird meine kleine Pepsie 18.

Pepsie, liebes Kind, was für ein 18. Geburtstag. Es tut mir so leid. Am besten, du gehst jetzt sofort mit Lian schlafen. Das hier ist nichts für euch.

Oder noch besser: Ich rufe euch jetzt ein Taxi, das bringt euch in ein Hotel in Iverness. Und morgen buchen wir eure Flüge nach China. Deinen Eltern, liebe Lian, ist es sicher auch nicht recht, wenn du länger hier bleibst.
Schließlich wissen wir nicht, wer diese Tat begangen hat und was diese verrückte Person vielleicht sonst noch vorhat! Wir sollten uns heute Nacht alle einschließen, ja? Bitte versprecht mir das.

Geheimtext Camilla von Strelitz

Weitere Informationen für dich! Du darfst von all diesem Wissen in der Ermittlungsrunde Gebrauch machen! Du bist heute Abend unsere Täterin. Lege auf keinen Fall ein Geständnis ab.

Pepsie ist Gundulas leibliche Tochter. Gundula hat sie mit 17 Jahren zur Welt gebracht. Du warst damals mit Hubertus von Manstetten in den USA verheiratet. Gundula hat euch für 4 Monate besucht und das Kind geboren. Danach ist sie ohne ihr Baby verschwunden. Ihr habt Penelope, genannt Pepsie, schließlich als euer Kind eintragen lassen. Später einigtet ihr euch mit Gundula darauf, Pepsie zu ihrem 18. Geburtstag die Wahrheit zu sagen. An diesem Tag, also heute um Mitternacht, erbt Pepsie von Hubertus ca. 8 Millionen Euro und dieses Anwesen hier. Aus diesem Grunde hast du die Hochzeit hierher verlegt. Pepsie sollte ihren 18. in ihrem künftigen Besitz feiern. Egal, was Gundula Pepsie gleich sagt: Du hast Pepsie groß gezogen; sie ist deine Tochter!!!
Verteidige diesen Standpunkt!!!

Ehemann Nr. 1: Hubertus von Manstetten, Diamanthändler, starb nach 6 Jahren Ehe an einem Herzinfarkt.

Ehemann Nr. 2: Gustav von Strelitz.
Brisant ist: Gustav wollte ursprünglich Christina heiraten; sie erwartete ein Kind von ihm und stellte ihn dir kurz vor der geplanten Hochzeit vor. Gustav verließ Christina und heiratete dich. 6 Wochen nach eurer Hochzeit verunglückte er mit deinem Sportwagen tödlich. Der Wagen stürzte bei Monte Carlo in eine Schlucht und brannte völlig aus. Aus beiden Ehen hast du ein Vermögen geerbt.

Christina brachte kurz nach Gustavs Tod (s)einen Sohn (Oscar) zur Welt. Sie erhält aus einem Fond monatlich 8.000,00 Euro Unterhalt. Oscar müsste inzwischen 10 Jahre alt sein.
Frage sie nach Oscar, du hast ihn noch nie gesehen, denn Christina hat den Kontakt zu dir damals abgebrochen.

Rosanne:

Rosanne hat seinerzeit schon in Monte Carlo für Gustav von Strelitz gearbeitet. Sie war immer ein bisschen verliebt in ihn. Das Autowrack mit deinem verunglückten Ehemann hat damals Rosanne gefunden. Du hast ihr vor Wochen gesagt, dass du Heavensend zur Hochzeit an Carlos verschenken wirst. Sie war sehr verärgert. Isadora wollte dich zu einem Ehevertrag bewegen, aber du hast das nicht in Erwägung gezogen. Du hast Carlos blind vertraut. Du fragst dich, woher er das Geld für die gebuchte Klettertour nebst dem tollen Hotel hatte. Kann jemand etwas dazu sagen? Er war ja völlig mittellos.

Du hast heute, nach dem Essen, Elke vertraulich von der geplanten Tour in die Dolomiten berichtet. Hat sie es für sich behalten oder jemandem erzählt? Frage danach!

Pepsie hat letzte Woche behauptet, dass Carlos ihr neuerdings nachstelle. Du hast ihr nicht geglaubt und angenommen, sie will nur die Hochzeit verhindern.
Mrs. Mc Morthy hatte dir ähnliches berichtet, aber auch das hast du, blind vor Liebe, als Geschwätz abgetan.

Heute Abend, nach dem Abendessen, wolltest du in Carlos Zimmer den Fotoapparat holen. Dabei fiel dir in einem Schubfach ein Päckchen auf. Die Verpackung stammte von einem sehr teuren Juwelier in Monte Carlo. „Für Pepsie zum 18. Geburtstag von Carlos" stand darauf. Du hast das Paket aufgerissen und eine teure Uhr vorgefunden. Auf einmal hast du begriffen, dass Pepsie die Wahrheit sagte. Carlos hat ihr tatsächlich nachgestellt. Du warst völlig durcheinander. Wollte Carlos jetzt mit Pepsie anbandeln? Carlos wusste von Pepsie bevorstehendem Erbe.

Und die Reise in die Dolomiten? Was plante Carlos in den Bergen? Bei so einer Klettertour kann viel passieren. Dir kam plötzlich der Verdacht, dass er dich auf dieser Reise beseitigen wollte. Du hast nach Carlos gesucht und in der Küche gefunden; er saß halb bewusstlos auf einem Stuhl am Tisch. Sein Hinterkopf blutete. Du hast so eine Wut auf ihn gehabt, dass du seinen Kopf einfach in die flüssige Schokolade gedrückt hast.

Versuche zu klären:
Wie kam er zu der Kopfwunde? Ob er gestürzt ist?
Eine Tatwaffe hast du jedenfalls nicht entdecken können.

Du bist heute Abend unsere Täterin. Lege auf keinen Fall ein Geständnis ab.

Nach den Ermittlungen schreibt jeder auf, wen er für den Täter hält, und später lösen wir den Fall gemeinsam auf.

Vorstellungstext Penelope von Manstetten, genannt Pepsie
(Bitte nach Camilla vorlesen)

Liebe Mutter, du musst wirklich total durch den Wind sein. Der Weg zur Hauptstraße ist überschwemmt, wie soll da ein Taxi kommen und Lian und mich nach Iverness bringen?
Außerdem hast du wohl vergessen, dass du mich ab Mitternacht nicht mehr einfach rund um den Planeten schicken kannst, immer so, wie es dir gerade passt! Heute Berlin, morgen New York, Schottland, China, Bahamas... Ich musste mein Leben lang ständig mit dir um den Globus reisen und habe die Nase voll, irgendwo von dir geparkt zu werden. Ehrlich gesagt möchte ich einfach mal nur meine Ruhe haben und ich habe nichts so sehr herbeigesehnt wie diesen 18. Geburtstag und die damit verbundene Freiheit.
Auch das Internat kannst du knicken; ich werde nicht zurück in die Schule gehen! Sobald die Straße wieder offen ist, bin ich weg von diesem Ort.
Als ich Kind war, haben wir schon einmal ein paar Wochen auf dem Anwesen hier verbracht. Das Ganze hier gehörte ja meinem Vater, Hubertus von Manstetten. Damals habe ich mich in den vielen Fluren verlaufen und ein Kindermädchen hat mich erst nach Stunden in irgendeinem der 34 Zimmer wiedergefunden! Ich war damals höchstens 3 oder 4 Jahre und habe mich fast zu Tode gefürchtet. So was vergisst man nicht.
Also Mutter: Mach, was du willst! Heirate, wen du willst... Es ist mir völlig schnurze. Irgendwann werden wir irgendwo auf diesem Planeten wieder aufeinander treffen; aber vorerst will ich nichts weiter, als das du einen großen Schritt aus meinem Leben heraustrittst.
Und was diesen unterbelichteten Carlos angeht:
Sei froh, dass er dir erspart blieb. *Er* wollte nur dein Geld, sonst nichts, das ist doch wohl jedem hier klar. Jedem, außer dir. Aber natürlich hast du nichts gemerkt. Es fällt ja auch extrem schwer, jemanden für einen Dummkopf oder Betrüger zu halten, der uns bewundert und hinter uns her hechelt. Insofern bekommst du von mir mildernde Umstände.

Geheimtext Pepsie

Weitere Informationen für dich! Du darfst von all diesem Wissen in der Ermittlungsrunde Gebrauch machen! Wenn du etwas gefragt wirst, solltest du die Wahrheit sagen, denn du bist nicht der Täter und hast nichts zu befürchten.

Camilla war zunächst mit deinem Vater, Hubertus von Manstetten verheiratet. Nach dessen Tod (Herzinfarkt) folgte mit Gustav von Strelitz Ehemann Nr. 2. Er verunglückte nach sehr kurzer Ehe tödlich. Beide Männer waren schwer vermögend und haben deine Mutter zu einer sehr reichen Frau gemacht.

Frag Camilla nach deinem Erbe von Hubertus von Manstetten. Jetzt, mit 18, müsstest du doch etwas erben von deinem Vater.

Christina war früher, bis zur Geburt ihres Kindes, sehr gut mit euch befreundet. Danach hat sie den Kontakt total abgebrochen. Warum war das so? Frage danach.

Und warum hat sie Oskar nicht mitgebracht? Lass sie von Oskar berichten.

Zu Heavensend: Du hast dich eben telefonisch bei der Polizei erkundigt, ob es was Neues von Heavensend gibt. Zu deiner Überraschung lag bislang kein Notruf wegen eines durchgebrannten Pferdes vor. Was hat das zu bedeuten?
Frage Rosanne, warum sie lügt. Sie behauptet doch die ganze Zeit, sie habe alles Notwenige in die Wege geleitet.

Wichtig:
Carlos hat dir in den letzten 2 Wochen massiv „schöne Augen" gemacht. Immer, wenn ihr alleine ward, hat er ganz offen mit dir geflirtet. Du hast versucht, es deiner Mutter zu sagen, aber sie wollte nichts davon hören. Sie war tatsächlich BLIND vor Liebe zu diesem Mann. Du hat Carlos natürlich abblitzen lassen, aber er versuchte es immer wieder und es wurde zunehmend lästig!

Weitere Hinweise:
Es gibt in diesem Haus an keiner Stelle Handyempfang. Ihr könnt nur über das Festnetz telefonieren.

Lian ist deine beste Freundin. Ihr habt nicht vor, nach China zu reisen sondern beschlossen, in Berlin eine WG zu gründen und ein Café zu eröffnen.

Du verstehst dich sehr gut mit Tante Gundi! Aber deine Mutter ist auch gar nicht so übel! Schließlich hat sie dich immer unterstützt und dir viele Freiheiten gelassen. Vergiss das nicht; egal, was du heutest über sie erfährst!

Die nachstehende Information gibst du bitte erst im Laufe der Ermittlungen preis; warte ein bisschen damit:

Du hast im Hof, direkt unter dem Küchenfenster, einen blutverschmierten Fleischklopfer gefunden. Es könnte das Werkzeug sein, mit welchem Carlos niedergeschlagen wurde.

Nach den Ermittlungen schreibt jeder auf, wen er für den Täter hält, und später lösen wir den Fall gemeinsam auf.

Vorstellungstext Isadora, Freifrau von Schollenberg
(Bitte nach Pepsie vorlesen)

Ich war dabei, als Carlos damals in Baden-Baden mit Gundula in die Loge kam. Camilla war wie vom Blitz gerührt, als sie den jungen Gigolo erblickte. Glauben Sie mir, ich habe gleich gesehen, dass sie sich sofort und ohne jeden Verstand unsterblich verliebt hatte. Ich erinnere mich, dass ich sagte: Camilla, Schatz, halte deine Augen fest, sie kullern ihm sonst noch hinterher.

Ich selbst kann ja ein Lied davon singen, denn ich bin jetzt schon zum 5. Mal verheiratet. Mein jetziger Mann, er heißt Wendelin, schwächelt zurzeit etwas, aber er ist ja auch schon 94. Ich habe ihn daher in einem Seniorenstift sehr gut untergebracht; es mangelt ihm an nichts und er wird dort optimal betreut. So gut könnte ich das gar nicht, das können Sie mir wirklich glauben.

Ich frage mich, wo ein Motiv für diese Tat liegen kann.
Männer töten ihre Frauen ja meistens, weil sie sie behalten wollen, wogegen Frauen ihre Männer umbringen, um sie los zu werden. Aber Camilla wollte Carlos ja gerade erst heiraten; insofern scheidet diese Weisheit wohl aus.

Wie auch immer; nun sitzen wir hier fest in diesem Haus. Ich hoffe, es ist genug Whisky im Keller; wer weiß, wie lange die Sache hier dauern wird. Und zu essen bekommen wir ja wohl vorläufig auch nichts mehr. Die Küche ist abgeschlossen. Es ist wirklich ein scheußliches Wochenende! Man sollte sich betrinken und ins Bett legen. Das hilft immer!

Geheimtext Isadora

Weitere Informationen für dich! Du darfst von all diesem Wissen in der Ermittlungsrunde Gebrauch machen! Wenn du etwas gefragt wirst, solltest du die Wahrheit sagen, denn du bist nicht der Täter und hast nichts zu befürchten.

Du bist, genau wie Camilla, durch verschiedene Eheschließungen reich geworden. Drei deiner Männer sind verstorben, von einem wurdest du geschieden und mit Wendelin bist du seit nun schon 15 Jahren glücklich verheiratet.

Christina wollte vor 10 Jahren den schwerreichen Gustav von Strelitz heiraten. Sie erwartete ein Kind von ihm. Leider hat sie dann den Fehler gemacht, Gustav eurer Freundin Camilla vorzustellen.

Kurz darauf hat Gustav von Strelitz Christina sitzen lassen und Camilla geheiratet. 6 Wochen nach der Hochzeit starb er bei einem Autounfall in Monte Carlo. Er verunglückte mit Camillas Wagen. Du hast immer das Gefühl gehabt, dass bei diesem Unfall etwas nicht stimmte, aber die Polizei ging von einem Unfall aus und legte den Fall zu den Akten. Erzähle von deinem Verdacht. Zur Zeit des Unfalls war auch die schwangere Christina in Monte Carlo; du hast sie dort gesehen.

Christina hat den Kontakt zu euch kurz danach völlig abgebrochen. Ihren später geborenen Sohn Oskar hast du noch nie gesehen. Frag sie mal, wovon sie lebt und was Oskar so macht.

Zu heute:
Du hast dir den Tatort genauer angesehen. Fakt ist:
Am Kühlschrank gibt es Blut auf dem Boden. Des Weiteren führen blutige Fußabdrücke von Carlos vom Kühlschrank bis hin zu dem Tisch, an dem er saß. Er ist also am Kühlschrank zu Schaden gekommen; dann aber noch selbst zum Tisch gelaufen.
Berichte den anderen von dieser Beobachtung; sie ist wichtig.
Ist er am Kühlschrank gestürzt oder wurde er niedergeschlagen?

Wenn ja, womit? Du hast nichts gefunden, was als Tatwaffe in Frage käme. Und wie geriet dann sein Kopf in die Zartbitterschokolade?

Heavensend ist ein Zwillingspferd. Sein Bruder heißt Devil. Du weißt nicht, wer der jetzige Besitzer von Devil ist. Gestern wolltest du im Stall nach Heavensend sehen, aber Rosanne hat es dir verboten. In Baden-Baden durftest du ihn noch im Stall besuchen. Frage sie, warum Heavensend plötzlich so unter Verschluss gehalten wird. Erzähle den anderen von Devil.

Wichtig:
Vor der Anreise hierher hast du ein paar Tage auf deiner Jacht in Monte Carlo verbracht. Carlos rief dich letzte Woche dort an. Er bat dich, in Monte Carlo eine bestimmte Damenuhr zu kaufen. Das hast du getan, obwohl du kein gutes Gefühl dabei hattest. Du weißt von Camilla, dass Carlos kein Geld besitzt. Tatsächlich aber hat Carlos dir das Geld sofort überwiesen (27.000 Euro).
Du hast dich schon sehr gewundert, woher er so viel Geld hatte. Kann jemand etwas dazu sagen? Wo ist in letzter Zeit Geld in dieser Größenordnung geflossen und kann ein Bezug zu Carlos hergestellt werden? Und wo ist die Uhr jetzt? Du hast sie ihm bei deiner Ankunft übergeben.
Du hast Camilla übrigens dringend geraten, einen Ehevertrag abzuschließen, aber davon wollte sie nichts wissen. Bisher hat sie ja immer reiche Männer geheiratet und vom Fehlen von Eheverträgen profitiert. Dass es diesmal anders herum ist, wollte sie partout nicht einsehen.

Im Falle einer späteren Scheidung hätte Carlos kräftig abkassiert... bei Camillas Tod natürlich auch. Er hätte, ebenso wie Pepsie, 50 % ihres Vermögens geerbt. Auch das solltest du einmal ansprechen.

Nach den Ermittlungen schreibt jeder auf, wen er für den Täter hält, und später lösen wir den Fall gemeinsam auf.

Vorstellungstext Elke Schulze – alias Kira Karazic
(Bitte nach Isadora vorlesen)

Tja, meine Damen!

Die Stunde der Wahrheit ist wohl gekommen: Mein richtiger Name ist Kira Karazic, ich bin Journalistin und mein Verlag hat für meinen Aufenthalt hier eine Menge Geld an Gundula Scherf gezahlt. Wir wollten eben eine Exklusivstory über die Hochzeit von Camilla von Strelitz. Dass ich eine solche mords Story bekommen würde, hätte ich nicht im Traum für möglich gehalten. Insofern war jeder Cent, den Gundula erhalten hat, berechtigt und wird sich in der Auflagenhöhe hundertfach bezahlt machen.

Berufsmäßig stelle ich sehr viele Fragen. Ich sage immer: Es gibt keine indiskreten Fragen, es gibt nur indiskrete Antworten. Ich kann ja nur schreiben, was mir zugetragen wird, oder was ich selbst erlebe. Da ich im Vorfeld einiges recherchiert habe, weiß ich auch eine ganze Menge über Sie alle hier.

Natürlich werde ich nur von meinem Wissen Gebrauch machen, wenn es mir wichtig erscheint. Da können Sie sich ganz auf mich verlassen.

Geheimtext Kira

Weitere Informationen für dich! Du darfst von all diesem Wissen in der Ermittlungsrunde Gebrauch machen! Wenn du etwas gefragt wirst, solltest du die Wahrheit sagen, denn du bist nicht der Täter und hast nichts zu befürchten.

Du hast Gundula vor Wochen angerufen und um ein Interview gebeten, weil ihr Ex-Verlobter sie ja verlassen hat, um die reiche Schwester zu heiraten. Eure Leser lieben solche Geschichten. Gundula sagte zu und bat dir einen fantastischen Deal an. Du solltest, getarnt als "Elke Schulze" eine Freundin von ihr spielen, mit zu dieser Hochzeit reisen und eine Exklusivstory bekommen. Sie sagte dir, es käme eine Überraschung zu Tage, die nicht unbedingt mit der Hochzeit zu tun hätte, aber eine tolle Story wert sei.

Natürlich wollte sie Geld als Gegenleistung. Dein Verleger war begeistert und hat zugestimmt. Der Verlag hat Gundula vor 3 Wochen für die Einladung nach Schottland als Vorschluss 30.000,00 Euro gezahlt. Weitere 10.000,00 Euro sollte sie erhalten, wenn die angekündigte Überraschung wirklich ihr Geld wert ist. Nun bist du sehr gespannt, welche Überraschung dies sein soll. Bestimmt wirst du gleich mehr dazu erfahren.

Du hast im Übrigen fleißig recherchiert. Carlos Santo Domingo hat in einer Pizzeria gekellnert und zuletzt in einer Schauspielgruppe einen italienischen Killer gespielt. Hier lernte er auch Gundula kennen. Heute hast du noch per Email erfahren: Seine Weste war alles andere als rein. Carlos hat in seiner Heimat Argentinien schon häufiger im Knast gesessen wegen verschiedener Delikte. Er war, da beißt die Maus keinen Faden ab, ein Berufskrimineller. Du bist leider noch nicht dazu gekommen, Camilla davon zu berichten. Vor der Hochzeit hättest du aber mit ihr darüber gesprochen.

Camilla wurde durch ihre verstorbenen Männer sehr reich. Sie heißt in Insiderkreisen auch "Die schwarze Witwe". Ja, man munkelt sogar, sie sei am frühen Tod ihrer Exmänner nicht ganz unschuldig gewesen. Aber das können auch bösartige Gerüchte sein. Trotzdem: Eine Frau, 3 tote Männer, das gibt dir schon zu denken.

Camilla hat dir heute Abend vertraulich erzählt, dass Carlos ihr als Hochzeitsreise eine Klettertour in die Dolomiten geschenkt hat.
Du hast diese Information aber nach dem Essen Gundula "anvertraut". Diese hat sehr nachdenklich und betroffen reagiert; sie ist doch viel verletzter, als sie zugibt.
Um sie ein wenig zu trösten, hast du ihr von Carlos Vergangenheit in Argentinien erzählt. Sie sollte wirklich froh sein, diesen Kerl nicht geheiratet zu haben. Wer weiß, was er noch so auf dem Kerbholz hatte.

Christina Vollmer ist selbständige KFZ-Sachverständige.
Laut deiner Recherche lebt sie aber komplett vom Unterhalt, den sie für ihren Sohn bekommt. Wer ist Oscars Vater und wo lebt dieser Junge eigentlich? Du konntest bisher nichts über ihn erfahren. Wenn Christina gleich behauptet, er ginge zur Schule, bestreite dies energisch. Erkläre, du hättest das überprüft; ihr Sohn sei an keiner Schule gemeldet und auch an ihrem Wohnort nicht bekannt. Hake nach und lass nicht locker.

Du hast heute am Spätnachmittag einen kleinen Spaziergang gemacht; dies war vor dem großen Unwetter. Am Tor ist dir ein Traktor mit Pferdeanhänger aufgefallen. Ein Mann saß auf dem Bock; er stand dort und schien zu warten. Du hast dem keine Bedeutung zugemessen. Da Heavensend aber verschwunden ist, kann dies eine wichtige Beobachtung sein. Sprich dies an.

Nach den Ermittlungen schreibt jeder auf, wen er für den Täter hält, und später lösen wir den Fall gemeinsam auf.

46

Vorstellungstext Gundula Scherf
(Bitte nach Kira vorlesen)

Als ich damals mit Carlos in die Loge kam, habe ich es gleich gemerkt. Camilla sah Carlos und schmolz dahin. Es war fast peinlich, wie sie ihn anbaggerte. Und Carlos... der schmolz gleich hinterher. Ich habe ihm am nächsten Tag den Laufpass gegeben. Ja, sie hören richtig: Ich habe mich von ihm getrennt. Genauso war es! Daher konnte ich auch gut zu dieser Hochzeit kommen; ich war nicht leidend.

Allerdings kam ich natürlich auch hierher, weil Pepsie heute Nacht 18 wird. Das ist ein besonderer Tag und sie werden gleich verstehen, warum er auch für mich so besonders ist.

Pepsie, liebes Kind; vieles im Leben ist nicht so, wie es scheint. Du hast einmal zu mir gesagt, deine Mutter sei so emotionslos wie eine beschichtete Teflonpfanne.

Aber so ist es nicht. Sie hat, vor genau 18 Jahren, ein sehr großes Herz bewiesen und mir in einer sehr schwierigen Situation beigestanden. Dafür bin ich ihr von Herzen dankbar. Überhaupt ist Camilla für mich immer da gewesen, wenn es mir nicht gut ging. Wir verstehen uns viel besser, als ihr alle denkt. Blut ist eben immer dicker wie Wasser.

Ich hatte mir die Worte zu deinem 18. Geburtstag so hübsch zurechtgelegt, aber jetzt... Jetzt fehlen sie mir irgendwie. Ich bin einfach zu ergriffen, von all den Vorkommnissen. Ich werde gleich später mehr dazu sagen...

Schluchzzzz.

Geheimtext Gundula

Weitere Informationen für dich! Du darfst von all diesem Wissen in der Ermittlungsrunde Gebrauch machen! Wenn du etwas gefragt wirst, solltest du die Wahrheit sagen, denn du bist nicht der Täter und hast nichts zu befürchten.

Pepsie ist deine leibliche Tochter. Du hast sie im Alter von 17 Jahren in den USA zur Welt gebracht; dort lebte Camilla mit ihrem 1. Ehemann, Hubertus von Manstetten. Nach der Geburt bist du ohne dein Baby nach Deutschland zurückgereist, du warst völlig überfordert mit der Situation. Camilla und Hubertus haben Pepsie nach einer Weile als eigenes Kind eintragen lassen. Später habt ihr vereinbart, Pepsie zum 18. Geburtstag die Wahrheit zu sagen. Dies solltet ihr nun gleich tun.

Elke Schulze ist die Reporterin Kira Karazic. Sie hat dich vor Wochen um ein Interview wegen der geplatzten Verlobung mit Carlos und den Heiratsplänen deiner Schwester gebeten. Du hast sie eingeladen, inkognito mit nach Schottland zu kommen für eine Exklusivstory. Du dachtest dabei aber weniger an die Hochzeit als an Pepsies 18. Geburtstag. Du wolltest, dass alle Welt aus der Presse erfährt, dass du Pepsies Mutter bist und nicht Camilla. Als Gegenleistung hat dir der Verlag von Kira 30.000,00 Euro Vorschuss gezahlt. Weitere 10.000,00 Euro sollst du nach diesem Wochenende erhalten.

Du hast Carlos in einer Schauspielgruppe kennengelernt. Ihr wurdet ein Paar und du warst sehr glücklich mit ihm. Du hast abgenommen, dein Äußeres verändert; alles, um Carlos zu gefallen. Irgendwann hast du ihm von deiner reichen Schwester Camilla erzählt. Er stellte sofort Überlegungen an, wie ihr an Camillas Geld kommen könnt und hat einen Plan geschmiedet. Das Pferderennen in Baden-Baden war ein Teil des Planes. Carlos sollte Camilla kennen lernen, ihr den Kopf verdrehen und sie heiraten. Nach einiger Zeit wollte er sich scheiden lassen, kräftig abkassieren und danach dich heiraten. Du hast diesem Plan zugestimmt, weil du

über beide Ohren verknallt warst. So richtig wohl hast du dich allerdings nicht damit gefühlt.
Fakt ist: Du warst nach wie vor mit Carlos liiert; daher hattet ihr heute auch noch das Schäferstündchen in einem der Zimmer im 3. Stock. Du hast Carlos die 30.000,00 Euro, die du von dem Verlag bekommen hast, überlassen; Carlos sollte davon eine bestimmte Uhr in Monte Carlo kaufen und sie Camilla zur Hochzeit schenken.

Von Kira hast du heute Abend erfahren: Carlos war in seiner Heimat Argentinien schon einige Male im Gefängnis und galt als Berufskrimineller. Du wusstest bisher nichts von dieser Vergangenheit! Diese Neuigkeiten haben dich sehr beunruhigt! Du wolltest sofort mit Carlos darüber sprechen. Du hast ihn gesucht. Rosanne begegnete dir auf dem Gang und sagte dir, dass er in der Küche sei. Du hast Carlos in der Küche angetroffen und mit seiner Vergangenheit konfrontiert.

Er reagierte sehr zornig und forderte dich unverblümt auf, aus seinem Leben zu verschwinden. Er sagte dir, der ursprüngliche Plan sei hinfällig und er brauche dich nicht mehr. Du warst völlig verzweifelt und hast ihm gedroht, Camilla alles zu sagen. Er lachte dich aus und sagte, Camilla würde dir kein Wort glauben. Damit hatte er vermutlich Recht; Camilla war doch komplett blind, was Carlos anging. Sie hätte bestimmt angenommen, dass du ihr den Mann nicht gönnst und ihn nur schlechtmachen willst.

Du bist fast durchgedreht vor Enttäuschung und Wut. Irgendwann hattest du plötzlich den Fleischklopfer in der Hand und hast zugeschlagen. Carlos sank neben dem Kühlschrank bewusstlos zu Boden. Du hast den Fleischklopfer dann einfach aus dem Fenster in den Hof geworfen und bist in dein Zimmer gelaufen. Dort bist du geblieben, bis Mrs. Mc Morthy Alarm gegeben hat. Du hast zuerst gedacht, du hättest Carlos durch den Schlag getötet, aber da er in der Schokolade ertrunken ist, muss eine andere die Haupttäterin sein.

Falls du das alles zugeben musst, kannst du natürlich behaupten, Carlos sei in der Küche ausgerutscht und gestürzt; daher die Kopfwunde. Sollte allerdings der Fleischklopfer gefunden werden... Versuche einfach, so gut wie möglich von dir abzulenken.

Nach den Ermittlungen schreibt jeder auf, wen er für den Täter hält, und später lösen wir den Fall gemeinsam auf.

Vorstellungstext Song Lian Cui
(Bitte nach Gundula vorlesen)

Ich bin Song Lian Cui. In China nennt man den Nachnamen tatsächlich immer zuerst. Song, das geht auf die Song-Dynastie zurück; es ist ein bisschen so ein Name wie Müller oder Schmidt in Deutschland. Ich kenne Pepsie aus dem Internat. Wir sind da eine Wohngemeinschaft und sehr gute Freundinnen geworden. Sie hat mich eingeladen zu dieser Hochzeit und eine Einladung darf man niemals ausschlagen. In China kommt das Wort NEIN auch gar nicht vor. Wir drücken uns anders aus. Wir sagen immer Ja... aber... Wenn ich also eingeladen werde und nicht kommen will, sage ich: Ja, ich komme gerne, aber an dem Tag hat auch mein Professor Geburtstag. Daher wird es schwierig für mich, zu kommen. Aber als Pepsie mich eingeladen hat, da hatte kein Professor Geburtstag, weil ich gerne gekommen bin.
Ich mag die Deutschen; vor allem, weil sie lieber gucken als fotografieren. Asiaten rennen den ganzen Tag mit der Kamera herum und machen möglichst viele Fotos, Europäer, sie gucken lieber selbst.

Ich habe heute viele erstaunliche Dinge erlebt. Wir in China sagen ja: Einmal verschüttetes Wasser geht nicht zurück in die Schale.

Geheimtext Song Lian Cui
Weitere Informationen für dich! Du darfst von all diesem Wissen in der Ermittlungsrunde Gebrauch machen! Wenn du etwas gefragt wirst, solltest du die Wahrheit sagen, denn du bist nicht der Täter und hast nichts zu befürchten.

Vermutlich werden die anderen dich fragen, wer mit Carlos im Bett lag. Hier die Antwort: Gundula lag mit Carlos im Bett!
Du hast heute kurz einen Blick in den Stall geworfen, um dir das Wunderpferd Heavensend anzusehen. Seltsamer Weise hat Heavensend nicht so gewirkt, als würde er regelmäßig trainiert. Er

wirkt eher schlapp! Du hast, kurz nach dem festlichen Abendessen, mit Rosanne darüber sprechen wollen. Sie war nicht in ihrem Zimmer und auch ihre Klamotten waren alle fort. Es sah aus, als sei sie abgereist. Komisch, nun ist sie wieder hier und tut, als wäre nichts. Warum hatte sie die Koffer gepackt und warum kam sie zurück?

Pepsie wurde in der letzten Zeit häufig von Carlos angeflirtet. Dies hat sie dir erzählt und du glaubst es ihr, denn Pepsie würde so was nicht erfinden. Immer, wenn die beiden alleine waren, machte er ihr Komplimente und anzügliche Bemerkungen. Pepsie hat ihn natürlich abblitzen lassen, aber es war ihr unangenehm.

Du warst eben, nach dem Leichenfund, in Carlos Zimmer und hast dich umgesehen. Dabei fiel dir eine offenstehende Schublade auf. Darin befand sich eine Schmuckschatulle in zerrissenem Geschenkpapier. In der Schatulle lag eine sehr teure, Brillanten besetzte Damenuhr. Auf dem Boden vor der Schublade hast du eine Geburtstagskarte mit der Aufschrift:" Für Pepsie zum 18. Geburtstag von Carlos, gefunden."
Wie passt das alles zusammen?
Erzähle den anderen von deinem Fund.

Noch ein wichtiger Hinweis:
Es gibt in diesem Haus an keiner Stelle Handyempfang.

Du willst nicht nach China zurückkehren. Dort ist alles so streng. Du wirst mit Pepsie nach Berlin gehen. Dort wollt ihr ein Café eröffnen.

Nach den Ermittlungen schreibt jeder auf, wen er für den Täter hält, und später lösen wir den Fall gemeinsam auf.

Vorstellungstext Rosanne Raditzke
(Bitte nach Song Lian Cui vorlesen)

Ich bin Pferdetrainerin und in dieser Funktion, das kann ich mit Fug und Recht sagen, bin ich eine Kapazität. Ich sehe sofort, wenn ein Pferd die Anlagen zu einem wirklich Stern am Himmel hat und Heavensend, das steht fest, ist so ein Pferd. Camilla hat mir immer bei allen Entscheidungen, die Pferde betreffend, freie Hand gelassen. Ich riet ihr damals zum Kauf von Heavensend, den wir als Jährling zu einem wirklich günstigen Preis von Isadora, Freifrau von Schollenberg, erwarben. Er hat sich entwickelt, wie von mir erwartet.

Und dieses Pferd wollte Camilla an diesen Carlos verschenken. Da fehlen einem doch glatt die Worte! Das ist doch eine... wie sag ich es am besten... eine Katastrophe. Es ist doch wohl jedem hier klar, dass diese Ehe über kurz oder lang gescheitert wäre. Ja und was wäre dann aus Heavensend geworden? Tsss!

Gustav von Strelitz, dem leider verstorbenen 2. Ehemann von Camilla, wäre so etwas niemals passiert.
Der hatte Verstand in der Birne! Es ist wirklich ein Jammer, dass er nach so kurzer Ehe tödlich verunglückt ist. Ich habe damals selbst den Unfallwagen in der Schlucht bei Monte Carlo gefunden. Da war nichts mehr zu machen. Na ja, jedenfalls hat Camilla ja dann alles geerbt und ich habe für sie weiter gearbeitet.

Mir ist ganz schlecht geworden, als sie mir erzählt hat, dass sie das Pferd zur Hochzeit an Mr. Don Juan verschenken wollte. Zur Hochzeit kann man eine Uhr verschenken oder von mir aus auch Aktien, ein Schiff oder eine Ferienwohnung... aber doch kein Pferd von dieser Qualität.

Ich hoffe, Heavensend taucht bald wieder auf. Ich kann mir das nicht erklären, denn ich habe Stall und Box sehr gut verschlossen und war nur ein paar Minuten weg, um ein Baldrian-Präparat zu holen. Heavensend war wegen des Unwetters sehr unruhig; das Baldrian-Präparat sollte ihn beruhigen. Ich muss daher annehmen, dass er absichtlich laufen gelassen oder sogar gestohlen wurde. Er ist natürlich gut versichert, aber den wahren Wert kann man nur schätzen.

Mehr weiß ich nicht, ich denke, ich bin auch nicht ernsthaft verdächtig, denn ich tue hier nur meinen Job, sonst nichts.

Geheimtext Rosanne

Weitere Informationen für dich! Du darfst von all diesem Wissen in der Ermittlungsrunde Gebrauch machen! Wenn du etwas gefragt wirst, solltest du die Wahrheit sagen, denn du bist nicht der Täter und hast nichts zu befürchten.

Als Camilla dir sagte, dass sie Heavensend als Hochzeitsgeschenk an Carlos verschenken will, hast du beschlossen, etwas zu unternehmen. Heavensend ist ein Zwillingspferd. Sein Bruder heißt Devil; er sieht ihm 1:1 ähnlich, hat aber mitnichten das Talent von Heavensend. Du hast Heavensend vor der Reise nach Schottland gegen Devil ausgetauscht. Der richtige Heavensend steht in England bei sehr guten Freunden unter. Hier im Stall stand also Devil. Carlos hat dir gestern gesagt, dass er bezüglich des Pferdes einen Verdacht habe. Er verstand mehr von Pferden, als du ahntest. Also hast du Devil heute an einen Bauern in der Nachbarschaft übergeben. Er hat ihn mit einem Hänger vorne am Tor abgeholt und stellt ihn unter. Natürlich hast du dies gut bezahlen müssen, damit der Mann schweigt. Anschließend hast du Camilla erklärt, das Pferd sei durchgebrannt. Die Polizei hast du daher auch nicht informiert über das Verschwinden des Pferdes.

Heute Abend, nach dem Abendessen, hast du in der Küche mit Carlos gestritten. Er sagte dir auf den Kopf zu, dass im Stall eine Kopie von Heavensend stand. Er wollte es Camilla noch in der Nacht sagen.

Als du die Küche verlassen hast, ist dir Gundula auf einem der Gänge begegnet. Sie war sehr aufgeregt und suchte nach Carlos. Du hast ihr gesagt, wo er ist.

Nach dem Streit mit Carlos hast du beschlossen, sofort abzureisen. Du hast rasch deine Koffer gepackt und bist losgefahren. Die Straße war aber wegen Überschwemmung gesperrt. Du musstest umkehren. Im Haus herrschte inzwischen große Aufregung, weil man die Leiche gefunden hatte. Du hast deinen Koffer unbemerkt wieder in dein Zimmer gestellt und dich zu den anderen gesellt.

Zum Tode von Gustav von Strelitz, Camillas 2. Ehemann:
Du hast ihn seinerzeit in der Schlucht gefunden. Du warst immer der Meinung, dass es kein Unfall war, denn von Strelitz war ein extrem guter Autofahrer. Er war damals mit Camillas Wagen unterwegs; das Auto war komplett ausgebrannt, man konnte nichts mehr an Manipulationen feststellen. Gab es damals wohlmöglich einen Anschlag auf Camilla, dem von Strelitz nur zufällig zum Opfer fiel?

Und hat der Täter von damals eventuell heute erneut zugeschlagen? Sprich diesen Unfall unbedingt noch einmal an.

Du hast Gustav von Strelitz sehr bewundert und, für kurze Zeit, ein Verhältnis mit ihm gehabt. Er lebte aber in einer ganz anderen Welt; das konnte nicht gut gehen mit euch beiden. Trotzdem hast du gerne weiter für ihn gearbeitet.

Nach den Ermittlungen schreibt jeder auf, wen er für den Täter hält, und später lösen wir den Fall gemeinsam auf.

Vorstellungstext Christina Vollmer
(Bitte nach Rosanne vorlesen)

Ich bin Christina Vollmer, selbstständige KFZ-Sachverständige und alleinerziehende Mutter von meinen 10-jährigen Sohn Oscar.
Wo Camilla ist, ist immer das Chaos oder das Drama zu Hause, dies war schon zu Schulzeiten so und hat sich erstaunlicherweise bis heute nicht verändert. Ich habe den Kontakt vor Jahren abgebrochen und ich hatte wirklich meine Gründe dafür. Aber gut, ich denke auch, es war an der Zeit, sich zu versöhnen.
Daher bin ich der Einladung zur Hochzeit gefolgt. Carlos habe ich nur ganz kurz kennengelernt, beim Essen heute Abend. Wie Pepsie schon erwähnte, war er wohl nicht der Hellste. Er erzählte mir beim Dinner, dass er alle Bände von Harry Potter gelesen hat. Nun ja, wenn das nicht putzig ist. Ich habe ihn Camilla wirklich gegönnt. Wir haben uns gegen 22:00 Uhr getrennt und wollten uns eine Stunde später zum Nachtisch wieder im Speisezimmer treffen.

Mrs. Mc Morthy sagte, dass sie die Küche gegen 22:30 Uhr verlassen hat; gefunden hat sie Carlos dann gegen 23:00 Uhr.
In dieser halben Stunde ist es also passiert.

Ich bin in dieser Zeit auf meinem Zimmer gewesen und habe über Handy mit Oskar telefoniert.

Natürlich habe ich kein Alibi, wer hätte schon gedacht, dass er so was braucht heute Abend?

Geheimtext Christina

Weitere Informationen für dich! Du darfst von all diesem Wissen in der Ermittlungsrunde Gebrauch machen! Wenn du etwas gefragt wirst, solltest du die Wahrheit sagen, denn du bist nicht der Täter und hast nichts zu befürchten.

Vor gut 10 Jahren hast du den schwerreichen Gustav von Strelitz kennengelernt. Bald darauf warst du schwanger und Gustav wollte dich heiraten. Kurz vor der geplanten Hochzeit hast du Gustav deiner Freundin Camilla vorgestellt. Dies war ein Fehler, denn: Gustav verliebte sich in deine Freundin, verließ dich und das ungeborene Kind und heiratete Camilla.

6 Wochen nach der Hochzeit mit Camilla ist Gustav tödlich in Monaco verunglückt; der Wagen stürzte in eine Schlucht und brannte komplett aus. Du hast damals nachgeholfen und die Bremsleitungen durchschnitten. Eigentlich wolltest du Camilla töten; denn es war ihr Wagen, mit dem Gustav verunglückt ist. Du hast gehofft, Gustav würde dich doch noch heiraten, wenn Camilla aus dem Weg geräumt ist.

Du erhältst jeden Monat 8.000,00 Euro Unterhalt für Oscar. Fakt ist aber, dass du das Kind gleich nach der Geburt zur Adoption frei gegeben hast. Du hast Camilla damals die Geburtsurkunde des Jungen zukommen lassen, um den Unterhalt einzufordern. Seither bekommst du monatlich das Geld aus dem Unterhaltsfond. Das ist Betrug, aber solange es niemand merkt, ist es dir egal. Du siehst es als Schmerzensgeld für dein dir entgangenes Familienglück.

Natürlich hast du eben auch nicht mit Oscar telefoniert; du hast keinerlei Kontakt zu ihm.

Kurz nachdem die Leiche in der Küche entdeckt wurde, hast du beobachtet, dass Rosanne mit einem Koffer in der Hand ins Haupthaus kam. Sie schlich eilig in ihr Zimmer und mischte sich dann in der großen Unruhe, die herrschte, wieder unter euch.

Wollte sie heimlich abreisen und kam zurück, weil die Straße wegen des Unwetters gesperrt ist? Eben in der Küche sagte sie wortwörtlich auf die Frage, ob die Polizei schon benachrichtigt ist: „Nein, das Telefon geht nicht, vermutlich irgendein Defekt durch die dauernden Stromausfälle. Außerdem ist der Weg zur Straße komplett überschwemmt. Wir werden bis morgen warten müssen."

Woher wusste Rosanne, dass der Weg zur Straße überschwemmt ist? Vom Haus oder Stall aus kann man dies nicht sehen! Die Straße ist viel zu weit fort. Hake hier unbedingt nach. Warum wollte sie so heimlich fort?

Nach den Ermittlungen schreibt jeder auf, wen er für den Täter hält, und später lösen wir den Fall gemeinsam auf.

Vorstellungstext Mrs. Mc Morthy
(Bitte nach Christina vorlesen)

Ich bin Gwendolin Mc Morthy und arbeite seit ein paar Wochen als Köchin hier. Ich bin noch in der Probezeit und glaube nicht, dass ich hier beschäftigt bleiben möchte. Bisher war ich in einem Pub in Iverness tätig und dort kann ich auch wieder anfangen. Ich weiß gar nicht, was mich geritten hat, hier in diese Einsamkeit zu wechseln. Da wird man ja depressiv. Und nun noch ein Mord.

Ich komme mir vor wie in einem schlechten Miss-Marple-Film. Und das alles nur wegen Ike, meinem Mann. Der ist hier als eine Art Hausmeister angestellt und er hielt es für eine gute Idee, wenn wir beide hier arbeiten.

Ich habe heute, nach dem wirklich großartigen Abendessen, die Schokoladensoße erhitzt für das Dessert. Als ich damit fertig war, habe ich die Schüssel mit der Soße in der Küche auf den Tisch gestellt und bin wieder rüber ins Speisezimmer. Ich musste mich beeilen und noch abräumen. Hier muss man ja alles alleine machen und schon dieser lange Weg zwischen Küche und Speisezimmer ist nichts für meine Kniearthrose.

Als ich dann nach gut einer halben Stunde wieder zurück in die Küche kam, da hat mich fast der Schlag getroffen. Da sitzt dieser junge Mann mit dem Kopf in der Dessertschüssel.

Und tot war er auch noch.
Es ist ein Jammer... um die Soße.

Geheimtext Mrs. Mc Morthy

Weitere Informationen für dich! Du darfst von all diesem Wissen in der Ermittlungsrunde Gebrauch machen! Wenn du etwas gefragt wirst, solltest du die Wahrheit sagen, denn du bist nicht der Täter und hast nichts zu befürchten.

Diese ganze Gesellschaft hier ist dir suspekt. Du weißt, dass das Landhaus ehemals dem früh verstorbenen Hubertus von Manstetten gehört hat.

In Iverness erzählt man sich so einiges über Camilla.
Sie hat schon 2 Ehemänner überlebt und beerbt. Und nun ist der künftige Ehemann tot, noch bevor er sie geheiratet hat.
Sehr seltsam, das Ganze.

Ike hat dir erzählt, dass das Pferd, welches hier im Stall steht, ein müder Klapper ist. Er kann es nicht fassen, dass das der berühmte Heavensend sein soll. Und Ike versteht eine Menge davon.

Und noch etwas ist sicher wichtig:
Du hast beobachtet, dass dieser Carlos der kleinen Pepsie nachgestellt hat. Er hat sie ja geradezu angehimmelt in den letzten 2 Wochen. Du hast versucht, es Camilla durch die Blume zu sagen; aber sie war ja völlig taub auf diesem Ohr!

Höre genau hin, was die anderen aussagen. Es gibt eine Fülle von Geheimnissen und da du eine kleine Rolle hast, kannst du besonders gut zuhören und ermitteln.

Nach den Ermittlungen schreibt jeder auf, wen er für den Täter hält, und später lösen wir den Fall gemeinsam auf.

Neutraler Beobachter
(Bitte als letzter in der Runde vorlesen)

Ich nehme als neutraler und unabhängiger Beobachter an dieser Ermittlungsrunde teil.

Dies ist insofern von Vorteil, als dass ich sehr genau hinhören und aufpassen kann, denn ich bin nicht so befangen wie alle anderen am Tisch.

Der Mörder kann sich also darauf gefasst machen, dass ich die Person bin, vor der er sich am meisten in Acht nehmen muss.

Ich werde sehr genau darauf achten, was die einzelnen Personen aussagen und bin sicher, dass ich dem Täter auf die Spur kommen werde.

Geheimtext Neutraler Beobachter:
Weitere Informationen für dich! Du darfst von all diesem Wissen in der Ermittlungsrunde Gebrauch machen! Wenn du etwas gefragt wirst, solltest du die Wahrheit sagen, denn du bist nicht der Täter und hast nichts zu befürchten.

Auf den ersten Blick kommt es dir vielleicht etwas langweilig vor, keine eigene Rolle zu haben. Das ist aber auf keinen Fall so, denn du hast als einziger am Tisch den Kopf frei und musst dich nicht mit eigenen Motiven und dergleichen beschäftigen.

Einige der Personen, die hier am Tisch sitzen, haben ein kleines oder größeres Geheimnis - und diese Geheimnisse gilt es, herauszufinden. Oft gehen gute Ermittlungsansätze im Gespräch unter, weil neue Vorwürfe laut werden und das vorher gesprochene in Vergessenheit gerät. Höre genau hin und versuche, jeder einzelnen Aussage auf den Grund zu gehen. Mach dir Notizen, wenn du etwas wichtig erachtest.

Sei darauf gefasst, dass du schon alleine wegen deiner Anwesenheit verdächtigt werden kannst. Verteidige dich vehement, denn du hast ja nichts getan. Überlege dir eine gute Ausrede, warum du überhaupt von dem Mord erfahren hast. Warum warst du vor Ort? Wer hat dich informiert? Verbünde dich mit einem der Beschuldigten und verteidige ihn vehement, aber nur mit jemanden, den du selbst als Täter ausschließt!

Bedenke:
Die meisten Morde sind eine Beziehungstat und geschehen aus Eifersucht oder verschmähter Liebe. Aber auch die Gier darf nicht als Motiv unterschätzt werden. Der springende Punkt heute ist: Wer hatte ein Motiv, diese Tat zu begehen und wer die Gelegenheit?

Nach den Ermittlungen schreibt jeder auf, wen er für den Täter hält, und später lösen wir den Fall gemeinsam auf.

Auflösung:

Meine Damen, ich bin sicher, Sie haben eine aufregende und sicher auch sehr humorvolle Ermittlungsarbeit hinter sich. Kommen wir nun zur Auflösung unseres Falles:
Zunächst eine kurze Zusammenfassung der Fakten, die Sie sicher herausgefunden haben:

Camilla wollte, zum ersten Mal in ihrem Leben, aus echter Zuneigung heiraten. Sie hatte sich Hals über Kopf in Carlos Santo Domingo verliebt. Ihre Ehemänner eins und zwei hat sie früh beerbt; beide starben nach kurzer Ehe und haben Camilla zu einer reichen Frau gemacht.

Ehemann Nr. 2, Gustav von Strelitz, starb zudem unter nie geklärten Umständen bei einem Autounfall in Monte Carlo.

Pepsi ist nicht Camillas, sondern Gundulas Tochter.
Pepsi erbt um Mitternacht ein großes Vermögen von Hubertus von Manstetten.

Camilla hat bereits zum zweiten Mal einer Frau den Mann ausgespannt; vor 10 Jahren ist es der damals schwangeren Christina ebenso ergangen.

Das Pferd Heavensend wird neuerdings von Rosanne abgeschirmt. Zudem soll es durchgebrannt sein; auf jeden Fall aber ist es verschwunden.

Carlos lag am Tag vor der Hochzeit mit seiner Exverlobten Gundula im Bett. Außerdem wollte er Pepsie zum 18. Geburtstag eine sehr wertvolle Uhr schenken. Lian hat diese in aufgerissenem Geschenkpapier in seinem Zimmer gefunden.

Elke ist in Wahrheit die Journalistin Kira Karazic. Sie wurde von Gundula zu diesem Wochenende eingeladen, um eine Exklusiv-

Story zu bringen. Gundula erhielt für diese Einladung Geld vom Zeitungsverlag.

Christina hat ihren Sohn Oskar gleich nach der Geburt zur Adoption frei gegeben und kassiert trotzdem aus einem Fond jeden Monat 8000,00 Euro Unterhalt.

Pepsie hat einen blutverschmierten Fleischklopfer im Hof, unter dem Küchenfenster, gefunden.

Was von all diesen Tatsachen hat aber tatsächlich mit dem Mord von heute zu tun? Wer könnte ein Motiv haben, Carlos zu töten? Und waren eine Person oder 2 beteiligt? Schließlich wurde er zunächst niedergeschlagen, ging dann noch selbst zum Küchentisch und wurde danach in der Schokosoße ertränkt.

Ich denke, wir sind uns einige, dass **Isadora, Pepsie, Lian und Mrs. Mc Morthy** kein erkennbares Motiv haben. Diese Personen nehmen wir also aus der Liste der Verdächtigen.

Schauen wir uns die anderen Damen näher an:
Rosanne hat das Pferd Heavensend gegen das Zwillingspferd Devil ausgetauscht. Carlos hat Verdacht geschöpft und Rosanne nach dem Abendessen in der Küche direkt darauf angesprochen. Rosanne wollte sich daher aus dem Staub machen, bevor Carlos mit Camilla darüber sprechen konnte. Leider kam sie nicht weit, die Straße war vom Unwetter überschwemmt. Sie kehrte zurück und traf auf eine chaotische Situation, denn Mrs. Mc Morthy hatte inzwischen die Leiche in der Schokolade gefunden. Rosanne ist des Diebstahls oder der Unterschlagung schuldig; sie hat Carlos aber nicht getötet, denn wir wissen, dass Rosanne am Abend, gleich nach der Auseinandersetzung mit Carlos, auf Gundula traf. Gundula suchte nach Carlos und Rosanne sagte ihr, er sei in der Küche zu finden. Somit hat Rosanne ein Alibi, denn Gundula muss ihn ja noch lebend angetroffen haben. Andernfalls hätte Gundula doch sofort Alarm geschlagen, oder?

Rosanne kommt also, trotz Motiv, nicht als Täterin in Frage.

Werfen wir einen Blick auf Christina.
Christina ist KFZ-Sachverständige und hat entsprechende Kenntnisse. Vor 10 Jahren befand sie sich, genau wie Camilla und deren frisch angetrauter Ehemann, Gustav von Strelitz in Monaco. Sie wurde dort gesehen. Richtig ist, dass Christina damals die Bremsleitung von Camillas Wagen durchtrennt hat, um ihre Nebenbuhlerin aus dem Weg zu räumen. Sie hoffte, dass der Freiherr von Strelitz nach Camillas Tod doch noch sie, die Mutter seines noch ungeborenen Kindes, heiraten würde. Gestorben ist dann aus Versehen aber der Herr von Strelitz selbst, der Camillas Wagen steuerte, als er zu Tode stürzte.

Wie wir wissen, gab Christina den später geborenen Sohn des Herrn Von Strelitz zur Adoption frei und kassiert trotzdem jeden Monat 8.000 Euro Unterhalt. Das ist zwar Betrug..., hat aber nichts mit unserem Fall heute zu tun, denn all diese Dinge wusste Carlos nicht. Wie auch? Er hatte Christina ja heute erst kennen gelernt und er kannte die Vorgeschichte nicht.

Nein, Christina hat ebenfalls kein Motiv, Carlos umzubringen.

Schauen wir auf Gundula.
Gundula ist sicher eine der Hauptverdächtigen. Dies hat auch seinen Grund, aber der ganze Fall liegt aber doch etwas anders, als Sie eventuell vermuten:

Gundula hat Carlos in einer Schauspielgruppe kennen gelernt. Sie wurden ein Paar und Gundula war überglücklich mit ihm. Sie hat sich optisch völlig verändert, um Carlos zu gefallen und hart an sich gearbeitet. Irgendwann hat sie ihm von ihrer reichen Schwester Camilla erzählt. Carlos stellte rasch Überlegungen an, wie sie an Camillas Geld kommen können und hat einen Plan geschmiedet. Da er Gundula komplett den Kopf verdreht hatte, willigte sie schließlich in den Plan ein.

Baden-Baden war ein Teil dieses Planes. Carlos sollte Camilla kennen lernen, den Kopf verdrehen und heiraten, sie hatten es genau darauf angelegt. Nach einiger Zeit, so hatten es die beiden verabredet, sollte er sich scheiden lassen, eine kräftige Abfindung kassieren und Gundula heiraten!

Gundula gab Carlos das Geld, welches sie vom Verlag für die Exklusiveinladung nach Schottland erhalten hat. Er sollte dafür eine Uhr für Camilla zur Hochzeit kaufen. So war es besprochen.
Heute Abend erfuhr sie von Elke/Kira, dass Carlos seiner Braut keineswegs die Uhr, sondern eine Klettertour in die Dolomiten geschenkt hat. Außerdem erzählte ihr Elke/Kira, das Carlos in seiner Heimat Argentinien als Berufskrimineller galt. Diese Neuigkeit hat Gundula alarmiert. Sie wusste nichts von Carlos schräger Vergangenheit und wollte ihn zur Rede stellen. Sie fand ihn in der Küche und konfrontierte ihn mit ihren Erkenntnissen. Carlos erklärte ihr, er sei nicht mehr an ihr interessiert, er brauche sie nicht mehr. Gundula drohte ihm, Camilla die Wahrheit zu erzählen, aber er lachte sie nur aus. Er erklärte ihr, Camilla würde ihr kein Wort glauben und ihre Behauptungen als eifersüchtiges Geschwätz abtun. Vermutlich hatte er damit auch nicht ganz Unrecht.
Im Laufe dieser Auseinandersetzung hat Gundula Carlos mit einem Fleischklopfer niedergeschlagen. Diesen warf sie dann aus dem Küchenfenster, wo er später von Pepsie gefunden wurde. Gundula hat Carlos also die blutende Kopfwunde zugefügt; sie hat ihn aber nicht in der Schokolade ertränkt.

Schauen wir, was Camilla am Abend, nach dem Essen, getan hat:
Camilla ist nach dem Essen in Carlos Zimmer gegangen, um den Fotoapparat zu holen. Sie erinnern sich, dass in unserer Einführungsgeschichte nach dem Apparat gefragt wurde. Camilla fand im Schrank aber nicht nur den Fotoapparat, sondern eine Uhr von einem Luxusjuwelier in Monte Carlo. Daran hing eine Karte: "Für Pepsi zum 18. Geburtstag von Carlos".

Auf einmal begriff Camilla, dass Pepsie ihr die Wahrheit gesagt hatte, als sie ein paar Tage zuvor behauptet hatte, Carlos stelle ihr nach. Vor diesem Hintergrund kam ihr die Kletterreise in die Dolomiten auch recht merkwürdig vor. Camilla ahnte plötzlich, was Carlos plante: Er wollte sie möglichst rasch beerben! Gleichzeitig hatte er sich schon an Pepsie rangemacht, die ja ab Mitternacht durch das Erbe ebenfalls sehr reich ist. Camilla geriet, wie Minuten vorher auch ihre Schwester Gundula, völlig außer sich vor Wut. Sie suchte Carlos und fand ihn, halb bewusstlos vor der flüssigen Zartbitterschokolade sitzend, in der Küche.

Sie folgte einfach einer Eingebung und drückte Carlos Kopf hinunter in die Schüssel. Dann ging sie fort und überließ Carlos seinem zartbitteren Schicksal. Camilla ist heute unsere Täterin.

Das Schlusswort:
Bevor Sie diese verhaften, hören Sie, wie es weiterging:

Exklusivstory von Kira Karazic: – Hochzeit geplatzt –

Am vergangenen Wochenende sollte in Iverness, Schottland, die Hochzeit zwischen der schwerreichen Camilla von Strelitz und dem Argentinier Carlos Santo Domingo stattfinden. Camilla von Strelitz sagte die Hochzeit ein paar Stunden vor dem Termin auf dem beschaulichen Standesamt von Iverness plötzlich ab. Eine Erklärung dazu hat sie bisher nicht abgegeben.

Unsere Reporterin Kira Karazic fand heraus, dass Carlos Santo Domingo in seiner Heimat per Haftbefehl gesucht wird. Vermutlich liegt hier die Begründung für die so plötzlich abgesagte Trauung. Carlos Santo Domingo wurde seitdem nicht mehr gesehen, vermutlich hat er sich abgesetzt. Lesen Sie weiter auf Seite 13.

„Ein toller Artikel", schwärmte Verleger Brunsbüttel und sah Kira zufrieden an. „Und wie du es überhaupt geschafft hast, exklusiv da vor Ort zu sein. Wie ich höre, hast du schon wieder eine Einladung aus der High Society. Wie machst du das nur?"

Kira lächelte zufrieden. „Ach, das ist gar nicht so schwer. Man muss eben genau wissen, was man veröffentlichen kann und wann man einfach mal den Mund halten muss!"

Pepsie und Lian saßen in Berlin auf der Terrasse ihres neu eröffneten Cafés am Kudamm und blätterten durch die Illustrierte. Den Bericht von Kira hatten die beiden geradezu verschlungen.
„Hast du eine Ahnung, was sie mit ihm gemacht haben?", fragte Lian. Pepsie schüttelte den Kopf. „Hier in Deutschland sagen wir: "Was ich nicht weiß, macht mich nicht heiß! Und egal, wo er vermodert; er hat es nicht anders verdient!"

Lian nickte zustimmend und blickte dann das spärlich besetzte Café. „Ich weiß auch ein Sprichwort. Wir in China sagen: "Ein Geschäft eröffnen ist leicht; schwer ist es, es geöffnet zu halten!

Camilla, Gundula, Rosanne und Christina kamen erst in der Dunkelheit zurück zum Landhaus. Rosanne führte Devil in den Stall und nahm ihm den Lastensattel ab. Gundula folgte ihr, säuberte still die beiden Spaten im Wasserbecken und stellte sie anschließend zurück in den Geräteschuppen.

Im Haupthaus wartete bereits Mrs. Mc Morthy auf das Quartett.
„So eine Wanderung in die Highlands macht hungrig. Ich habe noch eine schöne Suppe für sie vorbereitet!" erklärte sie. Dann nahm sie den prall gefüllten Geldumschlag von Camilla entgegen und verabschiedete sich.
„Ike und ich werden zu unserer Tochter nach Australien gehen", bemerkte sie, als sie sich den warmen Mantel um die Schultern legte „Ich denke, wir werden nicht zurückkommen! Alles Gute!"
Einvernehmlich gaben die beiden Frauen sich die Hand.
„Haben Sie Ike... etwas gesagt?", fragte Camilla zögerlich.
Mrs. Mc Morthy schüttelte energisch den Kopf.
„Gott bewahre. Es gibt Dinge, mit denen man Männer wirklich nicht belasten sollte. Leben Sie wohl."

ENDE

Autorenportrait

Cornelia H.-Müller ist seit 2006 als Autorin tätig. Ihr Genre sind Mitspielkrimis, Kinderspielgeschichten und Theaterstücke.

Autorenkontakt über
glashauskrimi@glashauskrimi.de

Besuchen Sie Cornelia H.-Müller auf ihrer Homepage:

www.glashauskrimi.de

Weitere Bücher von Cornelia H.-Müller, erschienen im Edition Paashaas Verlag:

Krimiparty:
5 neue Fälle für Ihre Ermittlungen zu Hause
Edition Paashaas Verlag
1. Ausgabe, Mai 2011,
Paperback, 188 Seiten
ISBN: 978-3-9813928-8-3, Preis: 13,95 €

Entdecken Sie Ihren kriminalistischen Spürsinn!
Mithilfe dieses Buches können Sie zu Hause gemeinsam mit Ihren Familienmitgliedern und Gästen auf Tätersuche gehen. Sie ermitteln und befragen, Sie bewerten Tatsachen und Aussagen und Sie finden schließlich heraus, wer der Täter oder die Täterin ist.

Diese Krimis finden Sie in dem Buch:

Irrtum oder Absicht? - Für 5-7 Spieler
Mord in bester Gesellschaft - Für 6 Spieler
Muttertag - Für 8-10 Spieler
Mann über Bord - Für 7-10 Spieler
Feine Verhältnisse! - Für 7-10 Spieler

Altersempfehlung: 12 bis 99 Jahre

Krimiparty Sonderausgabe 1:
Plötzlich und erwartet

Ein Fall mit Kommissarin Henriette Kragenberg

Cornelia H.-Müller
1. Ausgabe, September 2012
Paperback, 72 Seiten,
ISBN: 978-3-942614-25-2, Preis: 7,95 €

Cornelia H.-Müller präsentiert einen weiteren Fall aus der beliebten Mitspiel-Krimi-Reihe Krimiparty:

Karl-Friedrich von Staffelberg, ein wohlhabender Gewürzfabrikant, lädt seine Familie und einige Freunde zu einem feierlichen Weihnachtsessen ein. Zum ersten Mal ist in diesem Jahr auch Karl-Friedrichs frischangetraute dritte Ehefrau, die junge und schöne Jaqueline, dabei.
Dies wäre kaum erwähnenswert, stünden nicht auch die beiden Ex-Ehefrauen des Fabrikanten, Irene und Monika, auf der Gästeliste. Zu alledem sieht sich der Gastgeber am Weihnachtsabend mit wirklich ärgerlichen Indiskretionen konfrontiert! Dennoch endet das Fest ganz harmonisch, doch am nächsten Morgen gibt es einen Toten in der Villa zu beklagen...

Helfen Sie mit, diesen mysteriösen Todesfall aufzuklären!

Mitspieler: 7 bis 10 Personen
Altersempfehlung: 12 bis 99 Jahre

Krimiparty Sonderausgabe 2:
Workshop mit Todesfolge

Ein Krimi aus dem Allgäu.

Cornelia H.-Müller
1. Ausgabe, Januar 2013
Paperback, 72 Seiten,
ISBN: 978-3-942614-39-9, Preis: 7,95 €

Cornelia H.-Müller präsentiert einen weiteren Fall aus der beliebten Mitspiel-Krimi-Reihe "Krimiparty":

Toni Burger führt gemeinsam mit seiner Frau Zenzia einen einsam
gelegenen Sennerhof inmitten des wunderschönen Allgäus. An
einem Wochenende trifft sich dort oben auf 1800 m eine recht
gemischte Reisegruppe, um mit einem Fasten- und Meditations-
programm dem Alltag, zumindest für kurze Zeit, zu entfliehen.
Ganz so friedlich wie die Wollschweine, die der Toni züchtet, ist
die Gegend allerdings nicht, denn schon am zweiten Tag gibt es
einen Toten zu beklagen.

Warum dieser sterben musste, was ein Wollschwein-Workshop
unter Männern damit zu tun hat und warum ein Sylter Strandkorb
auf einem Sennerhof im Allgäu steht... dies herauszufinden, wird
Ihre Aufgabe sein.

Mitspieler: 7 bis 10 Personen
Altersempfehlung: 12-99 Jahre

Alle Bücher sind unter: www.verlag-epv.de zu bestellen oder auch
überall im Buchhandel erhältlich.